新潮文庫

ご新規熱血ポンちゃん

山田詠美著

新潮社版

8176

ご新規熱血ポンちゃん

目次

ポン式美味追求 9
良識は子供の敵？ 20
西荻の偏食人間考 31
言葉のロマンは秋のごちそう 42
しっぽりと年の暮れ 53
年明けから山田家仕様 64
脱・中央線なるか（ムリ） 76
春には、たまに全力疾走 87
ビバ芽吹く春 98
やくたいもない時を求めて 110
六月の趣味は問題視 121
黄色い長靴魂 133

夏休みのディスカヴァリー 144
ストップ！ イン ザ ネーム オブ 何？ 156
秋の美味備蓄 168
ノンシャランに無心道 179
オクラな年の瀬 190
目標は幸せちょろぎ 202
お誕生日にたたりなし？ 213
春先のちょっぴり考察 224
お花見に言葉復活 235
強風玉ねぎ注意報 247
日々のコンビネーションさまざま 259
発見するは我にあり 270

挿画●Terry & Billy for T-Back Agency
a division of Flamingo Studio, Inc.

ご新規熱血ポンちゃん

ポン式美味追求

　この間、夏の試験まっただ中の知り合いの大学生の男の子から電話がかかって来た。明日までに、特殊な職業を持つ人についてのレポートを書いて提出しなくてはならないと言う。で、他の学生が滅多に知り合えないであろう職種の作家である私を思い出して、あ、ラッキー、と思ったのでしょう。でもねえ……。

「どうして作家になろうと思ったんですか」

　とか、

「小説書くのって大変ですか」

　などの、今でも、どうしようもないインタビューアーがするこの手の質問には、素人さんなので目をつぶってあげよう。しかし。

「詠美さんて、文学賞とか受賞してるんですよね」

「うん、まあ」

「なんていうのもらったんですか？」

「いっぱいもらい過ぎて忘れたよ（これは精一杯の嫌味）」

「その中で有名なのって何ですか？（一向に意に介してない）」

「……直木賞とか？」

「あ、そうですか。で、ナオキショウって、どういう字を書くんですか？」

……まじかよ？　このやりとりって信じられます？　はっきり言って気が狂いそうになったよ。これって、今の大学生のアヴェレージなの？　それとも、文学部以外は、そんなもの知らなくても良いのか？　それでは、もしかしたら、アクタガワショウも、漢字で書けないのだろうか。直木三十五も芥川龍之介も知らないのだろうか。まさか賞をショウタイムのショウと思ってるんじゃねえだろうな。うおーっ。文部科学省も、私の作品を検定にかけて、あーだこーだ言ってる場合じゃないだろう。漱石と鷗外を、すぐさま教科書に復活させなさい。余計な親切をするから、学生の脳みそが退化するのである。色々と知った後で、文学なんか嫌いだと思うのは自由。直木賞も芥川賞も何の興味もない。そう感じるのも結構。しかし、直木賞受賞者のレポートを書こうと思った時に、その存在すら知らないってのは、問題なんじゃないのか。必要な時に取り出せる。知識って、そうあるべきものなんじゃないのか。それが出来ないものに取り掛る場合、調べておくか、手を出さないでおくか、その選択を頭に置く見識すら、学校では教えないのか（もっとも、学校ではなく、本人の問題かもしれないが）。ああ、この学生さんは、一応、東京六大学と呼ばれるところに籍を置いているのだが……日本の未来は暗い。

と、ここまで書いて思ったが、私は、直木賞も芥川賞も知らない、という人が決して嫌いではない。それどころか、私の友人にもそういう人は少なからず、いる。私だって、物書きになる前に、文学賞のシステムなんか何ひとつ知らなかった。では、何故、腹立たしく思うのか。それは、彼が、何ひとつ調べようとはせずに門外のことに手を出そうとしたこと。そして、彼が大学生であること。その二つに尽きるだろう。学生が楽しようとしちゃいかんよ。楽したきゃ、私みたいに、さっさと途中で止めて、他の道を捜したらどうだろう（もっとも、こっちの方が本当は大変なんだけどさ）。学生の本分は勉強である。それが出来ない私のような奴は、真面目な学生の邪魔をしないよう、すみやかに学校を去り、ドロップアウト道を極めた方がよろしい。そうすれば、作家にはなれるかもしれない。しかし、教師にはなることが出来ない。そこがつらいところだ。

と、いうのも。この間、知り合いの男の子と喋《しゃべ》っていたら、彼の初体験は、高校の古文の先生だったと言うのだ。え？　祇園精舎《ぎおんしょうじゃ》の鐘の声、とか朗読しながらしたんじゃないでしょうねっ、という私の言葉に、彼は笑っていたけれど、これって、すごーく、ロマンティックな背徳ではないか。向田邦子さんの「隣りの女」という作品では、山手線の駅名を順番に口にする男が描かれていたが、男女がお布団の中に入って語る言葉って、すごーく興味ある。セックスとかけ離れていればいる程、睦言《むつごと》はエロティックである。古文なんてさー、いいよねー。で、話は戻り、私だって教職を取っていたのだから、きちんと卒業さえしていれば、高校生の耳許で平家物語を暗誦してあげられたのになーという不埒《ふらち》な後のまつりの話に行き着くのである。そして、齋藤孝さんの向こうを張って、『裏本・声に出して読みたい日本語』を監修するのである。ひそやかに、口承文学の発展に貢献する私。などと悦に入っていたら、女友達が言った。そうかなー、あの時にぺらぺら喋ってる男ってうざくない？　うーん、人それぞれである。黙々とことに及んでる男より、ずっと楽しい、と私などは思うのだが。これって、言葉をなりわいとする人間の性《さが》なのか。以心伝心って好きじゃないなあ。

私の友人は、皆、喋る人ばかり。だから、グループで酒飲んでる時のうるさいことと言ったら。声が低くて大きい上に、皆さんそろってビバ自分の方々。おれ節ばんざーいの面々に私だって負けちゃいない。声がかれるまで喋っちゃう。この間なんて、寝不足だったのと喋り疲れのせいで、二人の男の子を膝枕と足置きにしてしまい、大口開いて、飲み屋で眠りこけていた（そうだ）。これでは、ひそやかな口承文学云々と言う資格などない。うーん、人生変えなきゃ。そう言ったら、膝枕の男の子が言う。いったい、何回人生変えれば気がすむんですか？　そういう彼は、一生のお願いというフレーズを連発して、あんたの一生何回あるの？　と私に言われている。くー、人生も一生も、ワン・アンド・オンリーよ。おまけにその時の私は、服に下着のラインが出るのが嫌で、パンツをはいてなかった。自分ちのベッドと勘違いして寝返りを打った私に慌《あわ》てた膝枕は、ああっ、この人今日パンツはいてませんからねっ、もし、ちらりと何か見えたら、それ黒い毛糸のパンツと思って下さいねーっ、と叫んだとか。面目ないことです。この年齢《とし》になって、どうして、まだやんちゃやってるかなあ。近頃の私の座右の銘は「年甲斐《としがい》もない」なの、なんて開き直ってるけど、これって、ただの自己弁護かも。

この間も、酔っ払って、足首をくじいた。西荻窪《にしおぎくぼ》に「Konitz《コニッツ》」というジャズバーがあるのだが、そこの入口の階段の最上段につまずいてこけたのである。ああ、かっちょ悪い。来るたびに、私は、この店の入口で転んでいるような気がする。あ、とって付けたようだが、この店は、とてもハンサムで感じの良い御主人が奥さんとやっている素敵なバーです（と、書けと店主がうるさく言う）から、皆さん、ぜひ行ってあげて下さい（本当にとって付けてる）。ただし、転げ落ちて肋骨《ろっこつ》四本折った店主や、捻《ねん》挫《ざ》して二週間も足を引き摺《ず》っていた私みたいにならないように階段には充分御注意下さい。って、普通ならないか。

酔っ払い。この愛すべき性癖よ。そう認め合い団結した人々が、どうして翌日には、皆一様に落ち込んでいるのか。あれ程、光り輝いて見えた未来が、何故、ひと晩のうちにぶち壊されているのか。昨夜も、私は、吉祥寺のソウル・バーで御機嫌になり、ある男性と手をつなぎ、夜道を踊りながら歩いて家まで帰って来た。人に見られたら死んでしまう事柄をくり返しながら、私の人生は進んで行く。今朝、宿酔《ふつかよ》いの頭を抱えながら考えてみた。私の生きる姿勢を、ここまでポンチにしているのは、いったい何なのか。

そう、きっとそれは、お酒と男の子と文学に違いないわ。そうに決まってる。私にとって、その三つは、合法ドラッグの三種の神器。それらが、コンプリートにそろった一日は、私に恍惚《こうこつ》を呼び寄せる。幸せの概念は、人によって違うが、私の場合は、あまりにも安上がりで、しかしながら、同時に味わうのは難しい。読書家の男の子は好みじゃないし、お酒を飲みながら小説は書けない。男の子とお酒を飲む楽しみを後に控えた執筆時間を持つことで妥協しよう。

男の子と言えば、私は、今、三人の男に夢中である。ひとりは、雑誌「クッキー」で連載中の矢沢あい作「NANA」に出て来るバンド、トラネスのギタリスト、レン。この漫画、出て来る男の子、女の子、皆、すっごく可愛い。特に、そのレンと、別のバンド、ブラストのドラマー、ヤっさん。私に勧められた女友達は、皆、夢中である。ヤっさんなんて、パンクバンドのドラマーにして弁護士だよ。スキンヘッドで、耳にずらりと並ぶピアス。いいなあ、この意外性。私も、次の恋人は、パンクスにしようっと。西荻を散歩してたら出会えるかもしれない。でも、問題は、音楽の好みの違いだ。どうやったら、パンク聴きながら男をベッドに連れ込めるのか。その点、ソウル・ミュージックは、ベタで良いよね。歌が勝手に口説いてくれる。よし、私も、持ち場だけでがんばっていてはいかん。あのたてのりでどうやって、愛を語れるのかを考察してみよう。ビートに合わせて、ぴょんぴょん飛びながら、ベッドを目ざそう。しかし、体力に問題があるので、足に、ばねなど装着すると良いかもしれない。誤って竹馬など使ってはならない。

そして、もうひとり気になっているのは、雑誌「コーラス」で連載中の松田奈緒子作「レタスバーガープリーズ・OK，OK！」のイナゾーくんだ。彼の職業は、時代小説挿《さ》し絵《え》画家（！）。恋人の綾さんは、江戸戦国マニアの女性作家（!!）。視点を変えれば、業界内にも、いかす彼氏候補がいるということなのか!? そう思って、周囲を見回してみるのだが……うーん。私のまわりって、皆、私みたいな飲んだくれぱっか。気心知れ過ぎてて、とても恋なんか……。時々、編集者と女性作家の恋の噂《うわさ》が耳に入ることもあるが、あれ、なんで？ ある意味、恋人よりも密な間柄。手の内さらけ出しちゃってる相手と恋愛出来るものだろうか。作家同士なんて、もっと信じられない。小池真理子さんと藤田宜永《よしなが》さんなんか、すごいと思う。きっと、小池さんが、うーんと大人なのだろう。と、某飲み屋で時々お会いする藤田さんを見て思う。彼も私も酔っ払い同士。なんか似てるよなー、配偶者、大変だよね。お互いに。この間は、あんたたちに恋なんか解らなーい！ と藤田さんと島田雅彦に説教してた私。島田くんにまで膝枕させてそれ言ってる私って、どうなの？ 終わってる？ こんな私に、いい大人の男性にいちゃもん付ける資格なーし！ でも、男の子の膝枕っていいね。それが、たとえ島田くんでもさ（ごめん）、なんか、ほかほかした気分になるじゃありませんか。漫画の登場人物を理想の男とか言ってる私には、もう何も語る資格などないかもしれないんだけどさ。しかし、私は、負けない。実在するレンとヤっさんとイナゾーくんを探すために精進しよう（今、思ったけど、精進と男の子探しって、あまりにもそぐわない言葉だ)。

　話は変わるが、この間、家の前のスーパーマーケットで買い物をしていた時のことだ。豆腐や納豆などの売り場で、男の子たちがあれこれ品定めをしているようだった。豆腐を手に取りながら、おいしい、まずいとこそこそ話している。どれがおいしいのだろうと、横でうかがう私。すると、ひとりの男の子が言った。

「でも、あの子もおいしそうやでー」

　へえ!?　この場合、豆腐をあの子とは呼ばないだろうから、女の子を指しているのは明らかである。ゲイって感じでもなかったし。

　いいなあ。こんな男たちに、おいしそうと言われている女の子。どんな子なんだろう。私が思うに、おいしいまずいは美醜に関係ないような気がする。それは、男も同じである。整った顔立ち、完璧《かんぺき》なスタイルに騒ぐ人たちの気持が私には解らない。女性週刊誌でやってる「今週のベッカム様」なんていうグラビアを見ると、どこが良いのかなーなどと感じる。人の持ちもんじゃん。しかも、絶対に手に入らないとあらかじめ解っているところの。私も、人の持ちもの横取りするのは決して嫌いではないが、それは、そう出来る可能性あってこそだ。私の女友達にも、様系の男好きがいるが、彼女に尋ねると、だーって完璧なんだもーんなどと言う。完璧な男ってセクシーか?

皆に理解しやすい綺麗さって、魅力的か？

　私は、昔から、誰もが賞讃するものとか人とかに、何の興味も持てないひねくれ者である。だから、高級ブランドの類にも縁がない。そうかと言って、ブランド嫌いな訳でもない。ナイキのニューモデルはいつも気にかかるし、リーヴァイスのヴィンテージには心踊る。でも、対人間に関しては、これが全然ないんだよね。この間、ある人が、自分の男友達の職業を自慢していたのを聞いて、本当かよ、と思った。ヤっさんみたいに、弁護士にしてパンクスってのなら自慢も出来るが、ただの弁護士、ただの医者、ただのエリートを自慢してどうする。そこに、意外性と逆説が付加されていなかったら、ちっともおもしろくないではないか。こういうこと、なんのてらいもなく自慢しちゃってる女って、おいしくなさそうだ。豆腐見ながら、おいしそーと言われる女とは対極にありそうな気がする。もっとも、豆腐選んでる男なんか相手にしないんだろうけど。女性誌なんか読んでると、世の中、つまんないことになってるよなあ、とつくづく思う。載ってるのは、あたりさわりのない美男美女ばっかり。しかも、皆、いい子ちゃん。好感度を基準にして人を選ぶばかりでは退屈なんじゃないのか。あとさ、イケメンって言葉、何とかなんないのかね。ＴＶで年配の評論家まで使っているのを聞いて、ぞっとした。私は、小説の書き言葉と実際の話し言葉がまるで違っていて、話し言葉は、かなり乱暴者のそれなのだが（あ、このエッセイはそれね）許せる言葉とそうでない言葉の区別がかなり厳密だ。イケメンなんて、最悪にアグリーな部類に入る。ちっとも、おいしそうじゃない。少なくとも、私の好みは、その言葉の似合わない男たちでありたい。そういう基準をキープしたいものだ。物書き魂は、ステレオタイプを許さないのである（ま、これが男の好みにしか反映されないのは情けないのであるが）。そうだ、この原稿が終わったら、セクシーな醜男を捜しに、お出掛けしてみよう。その場合、酔っ払って、ただの醜男を拾って来るのだけは気をつけたい。おいしそうな男の子、おいしそうな女の子。自分にだけ見つけられる彼らの価値は、そのまま、私の作品世界を作り出す。ポンちゃんにとって、あらゆる美味追求は、under obligation to live my ecstatic life. 前のスーパーでドリアンみーっけ。悪臭に甘んじて美味を取る？

良識は子供の敵？

あ、いつのまにやら、夏が終わってる。そう思ったのは、ごみを出しに行ったある日の早朝である。ああ、書き下ろしに集中しようと恒例のアメリカ里帰りも取り止めたこの夏。小説は、ちっともはかどらず、かと言って、夏を楽しむこともせずに、あっという間に通り過ぎてしまった八月。日中は、まだまだ暑いけれども、朝の空気の匂いは、もう秋のそれである。夏って、青春を謳歌《おうか》しなきゃいけない季節なんじゃないのか。この期《ご》に及んで、そんなことしようとしている私が間違っているのか。今年は日焼けもしなかった。それなのに、私の肌は、相変わらず黒い。ただの色黒だったんですね。日焼けなんてとんでもないというのが常識となっている昨今であるが、私は、ちーっとも気にしていなかった。太陽の光で、肌の色が変わって行くの見ていると、幸せな気分になって来る。ああ、海辺で、過ぎ去った青春に思いを馳《は》せたりしたいものです（もう謳歌は諦《あきら》める、ぐっすん）。

私は、海辺が大好きだ。波の音を聴いているだけで満足。そう思い、実家の家族旅行に便乗して茨城まで行って来たのだが、運悪く最悪の天気で、海は、まるで東映映画のビギニングのような様相を呈していた。仕様がないので、宿で父と酒盛をする破目に。今年の夏は、どうやら私を見捨てているようだ。去年なんて、フロリダで、姪《めい》のかないとビーチガールやってたのにさ。でも、めげない。冬は、絶対に南の島三昧《ざんまい》してやる。解ったわね、エイミーズパーティの諸君。と、いうのも、この秋の南イタリアへの旅というのを計画しながらも、私たちは、実行力のなさに挫折しているのである。こんなのって良くないと思う、腰が軽いのだけが身上のおれらなのに——とぶつくさ言っていたメンバーもいたようだが、仕方ない。この夏、我々は、なーんかやる気を失ってたようなのだ。飲み会の回数も減ってたし。寄る年波？　いやーっ、そんなの信じない。皆、ウコンとセサミンとユンケルを飲んで秋に備えるのよっ!!

と、そんなことを言って、自身を鼓舞している私だが、夏バテをすることもなく、実家に帰って、太って戻って来た。久し振りに会ってハグした男の子が言った。おまえ、実家で何食って来たの？　うーん、何でしょうねえ。食欲の秋って言葉は、私の辞書から消すことにしたわ。これからは物思う秋に挑戦する。でも、私って、日本一、物思いの似合わない物書き。ちったあ、江國香織さんあたりを見習って、憂いとか情感とかを身に付けるべきであろう。彼女って、繊細な紅茶茶碗とかが似合うような気がする。私？　私は、せいぜいアメリカの安ダイナーのコーヒーカップあたりだろう。今のままでは、ただの年食ったガキのままである。秋は、シックに大人の女を目指してみようか。私がやると、コスプレになっちゃいそうだけど。女性誌で大人やってる自分のインタビュー読むと何か笑っちゃうんだよね。どの口がゆーた、ってひとりで突っ込んでいる。どうして、あの種の雑誌は、作家に大人の役割を求めるのか。私のライフスタイルは私だけのものであって、他人は絶対に真似《まね》出来ない筈《はず》だ。だいたい私の真似しようなんて女の子が増えたら、世の中、とんでもないことになっちゃうよ。「近頃の若いもん」という説教用語があるけど、私の場合、いつだってそれ以下なんだからさ。年食って得するのは、「近頃の若いもん」から「ただの仕様のない人」に昇格出来ることだろう。若い頃は、この傍若無人な振る舞いのおかげで顰蹙《ひんしゅく》を買いまくっていたものだが、貫き通してこの年齢《とし》まで来ると、もうなーんにも言われない。ヤッホー!!　こうなったら好き放題に拍車をかけてやる。

しかし。私ごときの小市民的好き放題に待ったをかけるのが良識ある人々である。これは、私自身の話ではなく、ある友人の男性のことなのであるが、その日、彼は、いつものように、家の近くの公園で、ベンチに横になりビールを飲みながら本を読んでいた。昼下がりのことである。そこは、子供連れが多いけれども、比較的大きく、児童公園という訳ではない。そこでの、ほとんど習慣と化した読書。その最中に、どこかの主婦らしき人がやって来て、いきなり出て行ってくれと言ったという。いわく、「ここは、子供も多い公園なんだから、寝っころがってビールなんか飲まれちゃ困りますっ!!　だいたい、あなたお仕事何やってるんですか!?」

てめえに関係ねえだろ、と捨て台詞《ぜりふ》を吐きたいところだったが、気弱に、どうもすいません、とすごすご帰って来たという彼。強気になれなかった自分に腹を立てて、私のところに電話をして怒りをぶちまけた次第である。

うーん、確かに子供を持つ身になれば、そう言いたくなるのかもしれないが……。世の中には、色々な人がいると、子供は知るべきなんじゃないのか？　少なくとも、私が子供の頃は、そうだった。そして、さまざまな人々のたたずまいを目にして、さまざまな好奇心をかき立てられたものだった。そうやって、人を見る目を養って来た。人は見かけによらない、という真理を学んだものだったが。このお母さんは、きっと、九時から五時までの仕事をしている人だけがまともなのよ、と子供に教えているんだろう。そして、子供にも、そういう将来を強要する。あああ、なんか、すごくそれってやばくないか。危機管理能力ゼロの子供が育ちそうな気がする。あるいは、途中で、子供がぶち切れて、ひどいことになりそうな。こういう女って、子供が、私の小説なんか読み始めたら、不良扱いするんだろうな。ま、こちらとしては我が意を得たりなんだけどさ。

ああいう女が、公園デビューとか言って、仲間に入れない母親を無視して苛《いじ》めるんだぜ、あー、やだやだ、と件《くだん》の男友達は言っていたけれども、たぶんそうなんだろう。しかし、あんたのたたずまいにも問題多しだよ、と私に言われて、腐っていた彼。と、いう私も、昼酒人種なので、いつも、奇異な目で見られている。堅気《かたぎ》じゃないのは肩身が狭い。だけどね、堅気じゃないイコール悪人、ではない訳ですよ。スーツ着た昼間働く人種って、そんなに、まともかね。ま、そうなれないもんのひがみなのかもしれないけどさ。こういうことに慣れている私は、公共の場の権利を行使しろ、などとは言わない。アルコール禁止のハワイのビーチで売ってるビール缶用コカ・コーラのラベルを購入しなさいと提案する。あるいは、公園内でビールを販売している井の頭公園に拠点を移しなさい、と勧める。良識派は、自分たちの正義を露ほども疑っていないので、反論するだけ無駄なのである。私なんて、職業尋ねられたら、吉原の売れっ子ソープ嬢なんです！　って、格上げして、大ぼら吹いちゃうよ（売れっ子の姐《ねえ》さんたち、すいません、戯言《たわごと》ですから）。

良識派と言えば、もうひとつ、おっかねえな、と思ったことがある。それは、この間、電車の中で読んでいた某新聞社系週刊誌の読者欄だ。ある母親からの手紙が載っていた。その人いわく、中学生の息子に、その雑誌のある記事を読ませてみた。すると、興味深そうに読んだ（これって、私からすると、感動的で照れちゃうような代物）。次に、ある人の連載を読ませた。これも気に入ったようだ。この雑誌が、こういう形で、国語力のアップにつながって行くのは喜ばしいことである。つきましては、もっともっと、小中学生も楽しめるような記事を沢山載せて欲しい。

……まじかよ？　なんで、大人の雑誌が子供を思いやらなきゃなんないんだよ。そんな親切が子供にとって余計なお世話だってことが、どうして解んないんだよ。子供が大人の本を読みたい、と思う時、そこには、子供に対する媚《こび》が一切ないものである。だから大人の世界に憧れるんじゃないか。大人ぶるという特権を手に出来るんじゃないか。読ませるのは、おおいに結構。去年アメリカの長期滞在で、活字に飢えた中一の姪は、週刊文春を舐《な》めるようにして読んでいた。東野圭吾さんの本を貪《むさぼ》るようにして読んでいた。どちらも、私のために編集者の友人が送ってくれたものだ。彼女が、先に手にしたのは、自分用に送られた中学生向けのものではなかった。アメリカでの生活は、彼女に大人仕様のものを選ばせたのだと思う。

大人の世界に踏み込むスリルを、ある種の人々は、どうして子供から奪ってしまうのか。道に石が落ちていたら躓《つまず》く前にどけてやるような、意味のない親切が多過ぎやしないか。だから、何もひとりで選べない腑甲斐《ふがい》ない子供ばかり増えるんだよ。早く大人になりたい、と思わせるべきじゃないのか。私なんて、今でも、思ってるよ。それは、まだ知り得ない、私よりも年上の人々の世界があると、憧れているからだ。子供にも楽しめる週刊誌なんて、絶対、はんたーい!!! 公園のことだってそうだ。いっそ、子連れしか入れない公園ってのを作ったらどうだ。そして、それ以外の公園では、堅気じゃないうちらも、昼寝、昼酒を許してもらう。喫煙席、禁煙席があるんだから、子供と大人を分けても良いだろう。そうすれば、早くあちら側に行きたいものだなーと、大人に憧れリスペクトする子供も増えるだろう。そういう子供たちには、親切に大人の作法を教えてやるのもやぶさかではない、と私などは思うのである。ま、本当は、よそんちの子なんか、どうだって良いんだけどね。

と、こんなことを言っていると、子供を持ったこともないのに子供の気持など解らない、などとおかしなことを言い出す人も出て来るので言っておくが、解るのである。私に解らないのは親の気持なのであって、子供の気持は理解出来るのである。だって、かつて子供だったんだもん。そして、今だって、親にならない選択をしている限りは、私は、両親の子供のままなので、親になってしまった人たちより、ただの子供に近いのである。親って人種は、自分が子供だった頃のことを忘れちゃうものだ。私は、いまだ子供のままなので忘れようがない。だから言わせてもらうが、子供の頃、学校の帰り道では、ずい分とおもしろい人たちに出会ったぞ。その人たちが、やばいかやばくないか識別出来る知恵なんて、ちゃーんと持ってた。でも、持ってない子もいた。そういう子を守ってあげながら、子供心に思ったものだ。勘磨くトレーニングされてないなあって。公園で真っ昼間にビール飲んでたポンチな私の男友達の解りやすさより、普通の格好をした人間に潜む恐ろしさを教えてやるのが親の務めってもんだろう。と、ここまで書いて思ったが、結局、私って、昼間、公園でビール飲ませろってことが言いたいだけみたいね。ますます顰蹙買っちゃいそうなので、このくらいにしておこう。

親!!　この何とも形容しがたい存在よ。私は、大人になって、親を尊敬している、ときっぱり言い切る人が信じられない。私は、親を尊重してはいるけど、尊敬なんて言葉は気恥かしくて使えない。何のてらいもなく、尊敬する人物は両親です、なんて言う人とは友達になれないような気がする。だって、大人になって、親を思う時、なんか少しばかり悲しい気分にならないか？　まるで、いたいけな人を見るように彼らを見たりしちゃわないか？　一度も、親にうんざりしたことのない人なんているのだろうか。って、いるんだよね、これが。良識派の人々に多いんだけどね。と、こんなことを考えてしまうのは、今、取り掛っている小説の大きなテーマのひとつが親子だからなんだけどね。時々好きで、時々嫌いで、でも、そんなことを超越したところで、全部引き受けなきゃなんない。いやはや、親子の問題は、深くて複雑で、作家心を刺激してやまないものである。

話は変わるが、この間、実家に帰った時に、母が変な言葉の間違いを犯した。

「そんなの食べて、イナカ痛くならない？」

言った途端、間違えた！　と顔を赤らめる母であったが、あげ足取りの大好きな私と妹は大喜び。早速、応用方法を考える。

「うっ、イナリ痛い」

「くーっ、イナゴ痛い」

「あー、なんか、イナセ痛くなって来た」

オナカを抱えて痛がる演技をしながら、二人でうけている私と妹を見て、呆《あき》れた表情の姪のかな。しかし、彼女にも、伯母と母親の仕様もないジョークのセンスは受け継がれていたらしい。しばらく後になって、もうそのことをすっかり忘れた私が言った。

「かんかん（かなの呼び名）、それって、ださくなーい？」

　すると、彼女は、私をじろりと見て、投げやりに答えた。

「仕方ないでしょ。栃木のイナリっぺなんだから！」

　よし!!　それでこそ、私の姪だ。オナカ→イナカ、イナカ→イナリ、という言い替えの法則をすっかりマスターしているじゃないか。感動する私を馬鹿にしたようにながめていた彼女だが、やがて、私と一緒に遊び始めた。エイミー、そういうイナリ臭いこと止めなよ。あー、失礼、イナリもんなんで。おまえ、イナリどこだよ。宇都宮ざんす。ところで、田山花袋の「イナリ教師」って作品がありましてね。と、まあ、訳の解んない会話が延々と続くのであった。山田家は、この種の遊びが始まると止まらないのである。駄洒落《だじゃれ》嫌いの私であるが、こうい

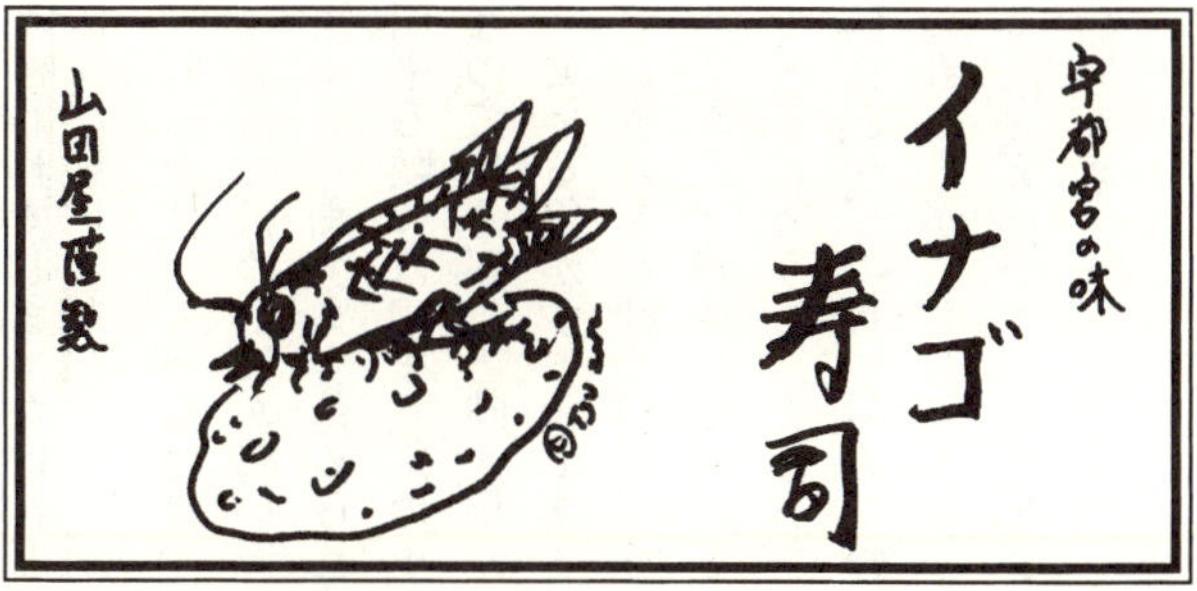

う言葉遊びは好きである。どこがどう違うの？　とかなには言われてしまったけれども。

　私は、自他共に認める言葉の小姑《こじゅうと》である。その私が、今、興味を持っているのは、方言。子供の頃に転校生人生を送って来た私には、使えない方言で苛められた暗い過去が山程ある。仲間外れにされたくないばかりに無理して使って、ますます苛められるという悪循環。ちゃんとマスターして、ようやく友達も出来る頃には、また別の土地にお引っ越し。サラリーマンの転勤族を父に持った宿命なのであるが、当時、恨んだこの境遇が、今、私の物書きとしての重要な部分をになっている気がするのである。ひとつの土地で生まれ育って東京に出て来て標準語を使っている人々とは、別の言葉のセンサーが働いているような気がするのだ。そこに、アメリカ人と結婚して英語まで加わったのだから、ややこしい。これは、バイリンガルであるということとは意を異にする。日本語の中のずれとでも言うべきものが、今、私をとりこにしている。姪の世代には栃木弁というものがない。でも、彼女たちは、おもしろがってわざと使っているのである。子供ってすごい。ポンちゃんにとって、子供返りは、coming back 2 higher learning again. 好物は母の作ったイナゴ寿司《ずし》。(何だ、それ)

西荻の偏食人間考

恒例の姪《めい》の運動会のために宇都宮に里帰りして帰って来たばかりのポン。またもや、たらふく食べて体重を増やしたような気がする。でも、いいの。この季節、人は、ファッションの秋なんて呼ぶみたいだけど、考えてみたら、ここ一ヵ月間、都心に出た日なんて一回もない。ただ中央線と青梅《おうめ》線をうろうろしているばかり。着飾っても誰も見てくれない、というより浮いてしまうので、私の服装は、カジュアルの一途を辿《たど》るばかり。ちょっとぐらいでぶになっても、誰も気付いちゃくれないので、開き直って、読書と食欲の秋に身をまかせよう。

吉祥寺のエイミーズカフェの側のガード下にいつも混み合っているラーメン屋さんがある。そこを通り掛る時は、たいてい急ぎ足で、腹へったなーと思いながらも入ったことはない。ところが、この間、入り口にある食券売り場で部活帰りの高校生が大勢たむろして騒いでいたので足を止めて聞き入った。彼らが意味不明の言葉を発していたのである。

「おれ、モリオーガイ!!」

「あ、おれも、モリオーガイ!!　おまえは?」

「当然モリオーガイじゃん!!」

森鷗外? 不思議に思ってながめていると、彼らは、皆、大盛の食券を買っていた。へー。国語の教科書からはじき出されてしまった森鷗外大先生が、こんなところにいらしたとは!?　しかも、高校生に食われてる?　早速、奥泉光でも誘って来てみよう。そして、二人で、モリオーガイを食すのである。ここで、食欲の秋は、読書の秋と接点を持ち、私たちは文学談義を交わす予定である。(未定)

食欲の秋、と言えば、秋刀魚《さんま》だ。近頃、秋刀魚ばかりを食べている私。こうなったら極めてやるわ、と思って、この間も、目についたこじゃれた和食屋さんに友人と飛び込んで、塩焼きを頼んで舌鼓を打ったのだが。どうも聞き耳を立てるのが習性の私。衝立《ついたて》の向こう側の家族連れが気に掛る。何故《なぜ》なら。

「こういう場所で、こういうものを食べられるのは、おまえが本当に恵まれているからなんだよ。世の中には、食べたくても食べられない人がいるんだから。おまえは幸運だけれども、それを得意に思っちゃいけないよ。人間は、そもそも平等なもので、たまたまおいしいものを食べられる自分に特権意識を持ったりしてはいけないんだ。解るね」

「はい、パパ」

「そうよ。今、この時にも、世界のどこかで飢えている子供たちが大勢いるのよ。あなたは、とっても幸せなのよ」

「はい、ママ」

うぅう……。苦手だなあ、こういう親たち。前回で、公園でビール飲んでた私の友人を子供を理由に咎《とが》めた親の話を書いたのだが、あー、近頃の親たちって、どうかしてないか？　人間って、元々、不平等なものなんだけどねえ。っていうか、この人たち自身が、特権意識の塊《かたまり》じゃないか。こんなこと子供に話すより、ファミレス行って平等の味を解らせてやった方が良いんじゃないのか？　何も、洒落《しゃれ》た和食屋で、酒飲みに混じって子供に食事をさせなくたって良いだろう。子連れでも、全然かまわないけれども、おいしい魚を食べながら、世界じゅうの飢えた子供たちを思いやれと諭《さと》すのって、どうなの？　これ!?　私には、ものすごーく卑しい人種に思える。って、それ、私だけ？　奴隷制時代のアメリカ南部の優しい雇用主のプチメンタリティここにあり、と言うと大袈裟《おおげさ》？　素直に頷《うなず》いていた男の子、まだ五、六歳ぐらいだったけど、これから、平等、不平等の意味をはき違えながら成長して行くんだろうなあ。あー、くわばら、くわばら。私は、悪しき平等主義と思われる事柄に接すると、動物的なアンテナみたいなものが、ぴんと逆立つような気がする。女をビッチ（あばずれとか性《しょう》悪《わる》の意味ね）と呼んではいけません、なんていうポリティカリー・コレクトなお言葉を耳にすると、あー、はいはいはい、と上《うわ》の空《そら》で返事をして、ちっとも聞いちゃいない。場合に依《よ》ると思うからだ。私は、自分の男に、愛情を込めてビッチと呼ばれるのが大好きだし、私が男をサグ（ごろつきのことね）と呼ぶ時、それが自分の男とそうでない男の場合、正反対の意味を持つ。そりゃ、秋刀魚食ってる私は、ちっとも偉くなんかないが、私に食われてるおいしい秋刀魚は、やっぱり偉いよ。中央線沿線の食べ物屋あたりで、あんなこと言ってるなんて、貧乏臭い親子連れだなー、と思う。ビッグマック食べているきみは、ハンバーガー食べているあの子より決して偉い訳ではないのだ、と言ってるのとたいして変わらない気がするよ。ちなみに、私は、フィレ・オ・フィッシュが一番好きだ。でも、自分で焼いたムニエルの残りをトーストにはさんだ方が、もっと好きだ。その時に、タルタルソースを手作りにしたら、もっと偉そうな気分になれる。本来、平等主義というものは、おのれの身勝手を認識し、容認することから始まるものだと思うのだが、どうだろう。こんなにおいしいわたくしにあり付けるあなたは、もてない男より、ずっと偉いのよー、と、私は、はっきり言いたいと思う。誰も聞いちゃいないけどさ。

秋刀魚は、うまい。この事実を自身に内包している人は、はっきりと口に出すべきであろう。はらわたはどうもなあ、と思う人は、酒飲み失格の烙印《らくいん》を押されるのを恐れているかもしれない。しかし、それも、また、はっきりと口にするが良い。身と皮は美味であるが内臓は得体が知れなくて恐怖である、と。あるいは、あれって、みみずに似ていやしないか、と。躊躇《ちゅうちょ》には及ばぬ。誰もが佐藤春夫になる必要はないのだ……って、あれ？　自分で書いてて何が何だか解らなくなって来ちゃったよ。要するに、おためごかしは止めましょうってことね。

こんなことを思ったのも、先程、あの戦う哲学者、中島義道さんの『ぼくは偏食人間』（新潮社刊）を読み返したばかりだからである。私は、以前、この熱ポンで、彼のことを偏屈なおじさんと書いたことがある。その時、既に、この本を読んでいたというのに、自分の過ちに気付かなかったとは、お恥しい。あの方、偏屈ではなくて、偏食、だったんですね。失礼しました。そういや、前に、パーティで会ってお話しした時も、別に、偏屈じゃなかったもんなあ。それどころか、あんまりフレンドリーなんで驚いたぐらいだ。ま、私相手に戦っても仕様もないからでしょうけどね。

この本は、日記のスタイルを取っていて、そこに綴られる中島さんの偏食ぶりは、あまりにも多岐にわたっていて、おもしろくって仕方がない。人は、ここまで偏食に対して勤勉でいられるものだろうか。偏食への限りなき包容力さえ感じさせる程である。あー、私も、自分の偏食を主張したい！　と前向きな嫌悪感を表明したくなると受け合いである。読んでみよう!!　そうすれば、皆が美味と崇《あが》めたてまつる秋刀魚だが、おれさまはでえきれーだ！　と堂々と主張出来る日も近くなるであろう。他人の不幸を憂えている振りをしながら、実は、それをさらなる隠し味にして洒落た和食屋で正論をぶち、八海山《はっかいさん》（私は、見た!!）の吟醸を啜《すす》る親子連れの偽善を、糾弾出来るようになるであろう。

ふう。ところで、中島さんは、名前のイメージやヴィジュアル的なものに起因する食べ物の好き嫌いが異常に多いようだ。蛇を連想させる長い魚が全然駄目らしい。あの秋刀魚も、ある料理屋で、三つに切られて出て来てから身震いするようになったという。いわく、頭も尻《し》っぽもない部分が蛇そっくりとのことだが、そうかなー。私なんて、香港で、蛇のスープまで食べちゃったよ。台湾料理屋で、さそりの唐揚げまで食べちゃったよ（精がつくと言われて食べ過ぎた同席者の男性は、三日間寝込んだ）。

私が嫌いなのは、甘いものとほくほく系（ふかした芋《いも》類、百合根、栗などなど）である。一般的に、これらのものは、女子の大好物だと言われるが、それが、どうも解らない。TVのグルメ番組などで、女性に大受けのレストランの特集を見るたびに首を傾げてしまう。本当に女性だったら絶対気に入りますねーなどとケーキバイキングを紹介していたりすると、偏見じゃねーか、それ、と言いたくなる。そういや、昔から、私は、女性好みと言われるものが、食べ物に限らず苦手だったな。ホテルのレディスプランとか、フレンチレストランのレディスコースとかさ。甘くて軽いカクテル(女性向きってメニューとかに書いてあったりする。だったら、ジュース飲まんかい、ほれ)、ファンシーなペンション(草原の何とか、みたいなネーミングの料理あり)、トレンディドラマ(もはや、死んでるが)。まだまだ沢山あるが、きりがないので止めておこう。男受けしようとするさもしい根性から、これらのものを嫌いだと声高に吹聴《ふいちょう》しないようにしていた時期もあったが、うらん、もう迷わない。中島先生を見習って自分に正直に生きることにする!!　つき合いで甘味処に入って、仕様がなくところ天啜るような人生とは、もう、おさらばよ!!　って、とっくに開き直っておさらばしてるか。フレンチレストランに豚足のグリルがあれば、迷うことなくそれを頼もう。ガード下の飲み屋には臆《おく》することなく足を踏み入れ、堂々とくさやを焼いてもらおう(ふ、どちらも、中島さんには食べられないものでしょうね。ま、こんなことで優越感持っても詮《せん》ないことなんですけどね)。

　本の話になったついでに、近頃読んでおもしろいと思った本を二冊あげよう。一冊目は、『文壇アイドル論』(斎藤美奈子著、岩波書店刊)。斎藤さんの本は『妊娠小説』以来欠かさず読んでいるのだが、近頃、ますますさえてるよねー。あー、そうそう、と膝《ひざ》を打ちたくなる感じ。この種のテーマの評論って、どうだ進んでいるだろうと言わんばかりのサブカル寄りの貧乏臭さ、スタイリッシュなものも押さえてます的にやり過ぎて、かえってださくなっちゃう悲しさが漂うものだが、彼女には、そんなものは欠片《かけら》もない。でも、作家にとっては、今一番、自分を取り上げて欲しくないなーと、こっそり逃げ出したくなる批評家のひとりだろう。怖いよねー。と思ったところで、この怖さ、何かに似ていることに気付いた。そう、それは、飲み屋でする怪談。

　私たちは、お酒を飲んでいる時、たまに、怪談話で盛り上がる。この場合、架空の物語ではいけない。自分、もしくは、自分の知り合い(の知り合いでも可)の経験談でなくては信憑性《しんぴよう》がない。昔、昔、あるところに、では駄目なのだ。固有名詞のかもし出すリアリティ。これが人々を恐怖に突き落とすのである。話が進むうちに、皆、ぞーっとして来て耳を塞《ふさ》ぐ。聞きたくなーい、と誰かが叫ぶ。しかし、もう止《や》められない、止《と》まらない。誰も立ち去らないまま、怪談は、クライマックスを迎えるのである。あー、怖かったねー、と口々に言いながらも、そこには、カタルシスが。どうか幽霊出てきませんように、と思いつつ期待する怪談と、どうか自分出て来ませんようにと危惧《きぐ》しながら気にしてしまう斎藤さんの本は、似てるような気がする。ちなみに、私たちは怪談の後、誰も帰宅しようとはしない。コンビニで夜明かしした者もいるという噂《うわさ》だ。トゥルース・イズ・アウト・ゼア。ガラス窓に映る人影が自分であると気付く時、人は、枯尾花の正体を知る。そう、斎藤さんの評論って、枯尾花を見せてくれるんだよね。

もうひとつは、ロックンロール好きおやじなら、感涙にむせぶであろう音楽業界小説『A&R』(ビル・フラナガン著、矢口誠訳、新潮文庫、上下巻)。私は、ロックファンではないが、それでも充分楽しめた。そもそも、業界小説が大好きなのだ。出版業界を描いたオリヴィア・ゴールドスミスの『ザ・ベストセラー』(安藤由紀子訳、

文春文庫）もおもしろかったね（彼女の他の本は全然駄目）。しかし、この本のおもしろさは、業界ウラの物語だからというより、過ぎ去って行く日々への少しばかりのやるせなさを描いたところにあると思う。何も考えずに音楽に熱狂出来たあの時代、というものを記憶の中に持っているもう決して若くはない人々（私もそう）なら、主人公に共感出来るのではないか。ああ、八〇年代の初めに、映画「ワイルド・スタイル」と同じ格好して違和感を振りまいていた私。まだヒップホップなんか認知されていなかった頃の話よ。池袋の西武デパートのイベントにもぐり込んで、ロックステディクルーのブレイクダンスに熱狂したっけ。ドンテやフューチュラ2000と握手してもらって、彼らの絵を真似して描いてみたものだ。←すぐさま挫折。高校の頃には、日本初のジャズ漫画を描こうと試みたこともあったっけ。←楽器が描けなくて、これも、すぐ挫折。ハワイのコンサートで、マーカス・ミラーの首に巻かれたタオルが欲しくて、手を伸ばして、カモーン、マーカス、ギミ、ユア、タオー!! とか絶叫した私。ふ、若かったものだわ。ま、今も、たいして変わらないことやってんだけどさ。この間も、西荻窪の「アケタの店」のライヴで、場違いに騒いでいた私と幻冬舎の茅原《ちはら》。きっと、彼の若さにつられてしまったのね（と、人のせいにする）。そういやアケタの店のメニューに、魚の缶詰豪華皿盛りってのを見かけたけど、あれはいったい……。

茅原と言えば、この間の深夜、お酒を飲んだ後、彼の家に大勢で押しかけてなごんだ。しかし、私たちはなごんでいたつもりだったのだが、翌朝、ポストの中には、いい加減にせんかいというメッセージが書かれた紙が何枚も入っていたという。マンション中にお宅の騒ぎが聞こえています、というものもあったそうだ。と、いうことは。あー、ここにあったコンドーム消えてるー!!　という声（私）や、酒が足りーん!!という叫び（講談社「スタイル」編集部サトー）や、ジャラジャラジャラーン（ギターの音、某芥川賞作家）や、わはははは（これも、別な芥川賞作家）などが筒抜けだったってことね。ああ、隣の家が中島義道先生のお宅でなくて、本当に良かったことです。私たち、幸運に恵まれてるって訳よ。この無理矢理のポジティヴシンキングもどうかと思うけど、過ぎ去って行く青春を追いかけたい私たちの気持も察して欲しいの。と、強気な私も、翌日、少し不安になって部屋の持ち主に謝りました。でもさ、偏食なポンちゃんたちの行き着く先は、Our heaven arrested by picky junky funky love thing.　まるでブレーメンの音楽隊みたいに人数増やしてる西荻の私たち。忠誠を誓うのはガリガリくんアイス!!（梨《なし》味）

言葉のロマンは秋のごちそう

アメリカに住んでいる夫が電話して来て、東京では、もう屋外で煙草《たばこ》を吸えなくなったというのは本当か、と尋ねた。それは、千代田区というエリアだけなのだという と、遠い海の向こうでほっとしていた。私たち夫婦は、どちらもスモーカー。どんどん肩身が狭くなって行く。吸っても良い場所で吸わないでいることは出来るのに、吸ってはいけない場所で煙草を我慢するのは何故か難しい。元々、屋外で煙草を吸わない私だが、吸うなと決められるとうんざりする。フロリダでは、全面的に禁煙になってしまったそうでがっかりだ。あの大好きなジャクソンヴィルのひなびたホテルに泊まることも、もう出来ないのね、ぐっすん。アメリカには、ドライタウンと呼ばれる酒を飲めない州もいくつかあるけど、お酒も煙草もなしの人生なんて、ほんと、つまんない。この二つがないと、私なんて、恋も出来ないような気がする。完璧《かんぺき》なマナーと完璧な健康。どちらも求める人って苦手だなー。

煙草はともかく、お酒を飲まない人って、どうやって恋をするのだろう。パリにいるゲイの親友は、お酒で男を見る目を狂わせたくないと言って、せっせと素面《しらふ》で色事に励んでいるが私には無理だ。お酒の酔いは恋の味方とつくづく思う。だって、冷静なままであんなことに足を踏み入れるのって、照れちゃうじゃありませんか。

などと考えてしまうのも、この間、江國香織さんと恋愛についての対談をしたせいであろう。遅い午後、赤ワインのグラスを前に恋について語る江國さんは、本当に美しかった。ほっぺがほんのり赤く染まっててさ。いくら飲んでも顔色の変わらない私(色黒のせいもあるけど)とは大違いにロマンス向きに思えた。誰かが、アメリカン対ヨーロピアンって感じの対談でしたねーと言っていたけどそうかも。何でも明確に言葉で説明してしまいがちの私と違って、彼女は、ニュアンスに満ちている。でも、彼女に恋をした男の人は大変そうだな。繊細なものを扱う時のちょっと恐れにも似た感じを味わうのではないだろうか。

そんなことを、対談後、編集者たちと話していたら、いつのまにか深夜になり、私たちは三軒茶屋のクラブで酔っ払っていた。あれ？　さっきまで、恋のやるせなさについて語っていた筈《はず》なのにな。ま、いっか。乗り掛かった船だ、飲んじゃうぞー、と恋とは無縁の酔いが全員を襲い、言い合いになり、私は、ひどく理不尽な気分でしょんぼりして、とぼとぼとおうちに帰った。すると!! 人間万事塞翁《さいおう》が馬!! 郵便受けにラブレターが入っていた。ラブリー!!

ラブレター!! この素晴しき幸福のアイテムよ!! あまりにも旧式。あまりにもトラッド。でも、いつだって新しい感動を運んで来てくれるもの。私は、携帯電話もパソコンも持たないアナログ人間。けれど、それでいいじゃん、と紙の手触りをいつくしみながら思う。ラブレターは、独立した空間を運んで来てくれるもの。想いを受け取った時のみっともなくも幸せな顔をした自分を人様にお見せしないですむ。知り合いで、恋人が出来ると、皆と飲んでる最中でもメールのやり取りに夢中になる女の子がいるが、あれってどうかと思うよ。楽屋裏見せてるよなー。どうせなら彼氏本人に見せりゃ有効なのに。私は、他人ののろけ話を聞くのは好きだが、聞かせる気もない恋をアピールしてる人を見ると困惑する。ここでやるなよ、メール。

この間、渡辺淳一さんの『キッス　キッス　キッス』(小学館刊) を読んだ。これは、昔の著名な人々の恋文を集めた本なのだが、かなり興味深かった。くー、文学者ともあろう人物が、こんなにもつたなく可愛いらしいラブレターを書くなんて! と驚くことたびたび。でも、もしかしたら、文学者だからこそ、つたない愛の言葉の効果を知っていたのかもしれない。たどたどしさは、時にものすごい力強さを持つからね。それが上手《うま》く働いた時、並の美辞麗句なんてかなわない。そうだ。私も、深夜のラブレターのお返事を書かねば!!　でもさ、なーんか、お金にならない字って書く気しないなあ。って、ここで、永遠のロマンスから見捨てられる私。メール打ってる人たちの方が、私なんかより、はるかに筆まめなのかもしれない。

ところで、ロマンス、と言えばボートだ。この間、私は、男の子と井の頭公園の白鳥ボートに乗って来た。一所懸命ペダルを踏み、小学生たちのボートを蹴散《けち》らして進む私たち。風を切って進む。どんどん進む。がむしゃらに進む。と、その時、ハンドルを握る彼が言った。

「なんか、フランス映画みたいだなー」

「ニキータとかねー」

「大藪春彦の世界とも言えるなー」

「うちらって、優雅なる野獣?」

そう悦に入りながら二人で顔を見合わせて溜息《ためいき》をついた。

「白鳥さえ付いてなかったらね……」

恋は、はた目には、かようにポンチなものである。しかし、当人たちはヒーローとヒロイン。解っちゃいるけど止められない。公園の池には、あそこにもここにも主人公たちが。ふ、この池でボートに乗ったカップルは確実に別れるという伝説をご存じないようね。私たち？　私たちは、そういうことをあらかじめ超越した間柄だからいいの。なんたって、大藪春彦ですもの……って、意味解んないけど。

秋には、ロマンスがよく似合う。私の知り合いで失恋したばかりの男の子がいるのだが、しきりに新しい恋人が欲しいと嘆く。彼いわく。

「これから、どんどん肌寒くなっちゃうんですよう。隣に誰かいないと凍えてしまうかも」

その気持、よく解る。やがて寒い冬に突入しようとするこの季節、恋人を作らねば、とあせるのは、自己防衛の本能の為せる業とも言えよう。凍え死ぬ前にどうにかせねば。山小屋で遭難した男女が必ず抱き合うのと同じこと。必ず男は女にこう言う。さあ!!　服を脱いで暖め合うんだ!!　その場合、何故か暖め合うだけではすまずに肉体関係に突入する。気が付くと朝。雪山に照り付ける朝日がまぶしい。私たち……助かったのね。そう言う女は必ず男の肩に頭を載せている。生存したいと願う心が、男女に体温を上げさせる行為をさせたのか。昔のドラマとかにあったよねー、こういうの。私も、時々、思い出しては使わせてもらってるの。眠るんじゃない！　眠ると死ぬぞ！　さあ、二人で服を脱いで……って、ここまで言って、二人で顔を見合わせて大笑いしちゃうんだけどさ。

寒い冬、お布団の中で、男の子に足を絡《から》ませて、あっためてもらうのはいいもんだ。そういう時に、体温の合う人、合わない人がいるんだなあ、とよく解る。そう男女の相性には、体温というのも含まれるのである。熱の伝導率の問題かもしれない。いずれにせよ、体にあったかいものを取り込むと、ほかほかの気分になる。この季節の恋って、鍋？　湯気が恋しいってのと、恋人が欲しいってのは似ているのかも。そうか、件《くだん》の若者には、鍋を囲んで今年の冬を乗り切れと提案してやれば良いんだな。囲む人がいなかったら？　うーん、それは、悲しいかも。ひとり鍋をつついて風流への道をつき進むのも良いだろう。豚しゃぶのそばつゆ添えなんかどうだろう。ポン酢の代わりに、そばつゆに肉を浸して食すのである。締めに日本蕎麦《そば》を入れれば、うちの近所のおいしいお蕎麦屋さんの黒豚せいろに限りなく近い美味になる。

私は、男性と昼さがりの蕎麦屋で、だらだらお酒を飲むのが好きである。うどん屋さんは、どうもせき立てられる気がして、お酒を頼む気にはならないが、すいてる蕎麦屋では、長居をしてしまう。つまみに湯豆腐なんかおいてあったりすると最高だ。そういう時のお相手は、若者よりもある程度生きすれた大人の男の人がいいな、と思う。でも、何故でしょう。私は、そういう男性にあまり縁がない。私の周囲はやんちゃな奴ばっかりだ。魅力的な若者と中年の間を行ったり来たりする田辺聖子さんの小説のヒロインにあやかりたいものだ。田辺さんの恋愛小説は、もっと日本の男たちに読まれるべきだと思う。『私的生活』なんか、ほんと傑作だ。読めば絶対に男っぷりが上がる。断言する。

男っぷりで思い出したが、最近、西荻窪近辺で、船戸与一さんによく遭遇する。あのおっちゃん、いつも変なチョッキ着てるね、と言っていたのが伝わってしまったらしく、この間は、バーに入って来るなり、わしのチョッキのどこが問題なんじゃあ、と私の顔を見て言った。いや、別に問題はないんですけどね。ヴェストと呼ぶよりも、チョッキと呼ぶのが相応《ふさわ》しいあれ。なんか、おっちゃんの男っぷりを象徴しているようないないような。誕生日辞典によると、彼も私も二月八日生まれ。性格に共通点があるとは思えないのだが……。ちなみに、ジュール・ヴェルヌも同じ日生まれ。共通点は、冒険的精神か。

恋に話を戻すが、そういや、恋って、私にとっては冒険に似ている。未知の世界に足を踏み入れながら、それまでの価値観を崩して行く快感。その側から新しい価値観は作られて行くものの、それは、もう自分ひとりで成されたとは言えない。失恋した男の子が、おれたち価値観が違ってたんです、と言っていたけれど、好きなものに対する価値観に重きを置いたせいではないだろうか。私が、恋人とあるいは友人と共有したいのは、常に、嫌いなものに対する価値観である。これが一致していないと、どうにも居心地が悪い。それ以外の価値観なんて、恋人によってぶち壊されるなら本望だと思う。チョッキだろうが、ヴェストだろうが良いのである。船戸のおっちゃんの必須アイテムとは何の関係もない話ではあるが（って、飲み屋で今度会っても私を責めないで下さいよ）。

さて、秋はロマンスの季節でもあるが、選考会の季節でもある。この時期、私は、二つの賞の選考委員を務めていて、候補作品を読む隙《すき》をねらって白鳥になんか乗っている訳である。その二つ、文學界新人賞、野間文芸新人賞のどちらも奥泉光と同席するのだが、彼って、なーんか良い味出してるんだよね。最近、奥泉ねたが増えてしまうのも仕方のないことだ。選考会当日、靴が壊れたので会場のホテルで四千五百円と見間違えて四万五千円のを買ってしまった、と溜息をついているし、近頃、父と子という文字を見ているだけで泣けて来るとか言ってるし。自分の失敗に知識と理論を総動員して説明を付け、自身を納得させようとしているし。なんだか憎めないほのぼのとしたインテリなのである。彼とか島田雅彦なんかを見てると、作家って妙な人たち多いよなあと思う。その妙なとこを有効活用している変な人たち。一線で仕事をし続けている作家たちって、皆、魅力的に変で楽しい。しかしながら、こういう人たちが、恋愛中に、どのようにロマンティックになるのか想像もつかない。恋愛小説を書かない彼らの愛の言葉を想像するのは難しい。きみと会う時、〈天国が降ってくる〉(©島田)とか言うんだろうか。きみは、まるで〈鳥類学者のファンタジア〉(©奥泉)のようだ、とか？　まさかね。私も、あなたは私の〈トラッシュ〉(©山田)とは言わないものね。っていうか、もう既に恋愛用語じゃなくなってるけどさ。

言葉は、おもしろい。私が方言に心魅かれていることは、前にも書いたが、この間、TVを観ていたら、あーやっぱりと腑《ふ》に落ちたことがあった。

今の若者の言葉が乱れているとはよく言われることで、実は、そんなことは大昔の時代から指摘され続けている。私も、その言葉づかい何とかしろ、と言われたこと数知れず。しかし。諸君、たとえ私が良い年齢《とし》して、あの子って超かわいいじゃん、などと口にしても、決して、これを非難してはならない。私が幼い頃から使っていた「〜じゃん」という言い回しは、実は、静岡県にルーツを持つ方言なのである。そのTV番組によると、それは、静岡から横浜方面へ、つまり東海道を伝って広まって行った言葉だというのだ。あ！　やっと謎が解けた。昔から、私が語尾に「〜じゃん」を多用するので、横浜に住んでたことある？　としょっちゅう尋ねられたものだ。そのたびに、静岡で子供時代を過ごした私は、「?」だったのである。そして、形容詞を強調する時の「超」。これも、実は、静岡がルーツだというのである。なあんだ、私ってなまってただけじゃん。若者に迎合していた訳ではなかったのね。

　方言と言葉の乱れを混同する例は多い。たとえば、「ら」抜き言葉。食べられるを食べれる、着られるを着れる、などと言ってしまう言葉づかいに不快感を表わす人は多いが、栃木県出身の私の母は、完全に「ら」抜き言葉である。宇都宮で育った妹や姪《めい》もそうだ。家族で使わないのは、東京出身の父と私だけである。「ら」抜きはけしからんという意見を聞くにつけ、母がなんだか侮辱されているようで悲しい。こういうことに目くじら立てる人って東京の人が多いんだよね。英語を世界共通語と思い込んでるアメリカ人のことをとやかく言えないような気がする。東京の言葉がすべてじゃないよ。あ、東

京と言っても、私の自宅のある多摩地区は、方言だらけである。昔の仲間なんか、「〜べ」と語尾に必ず付ける。これも今では若者言葉と思われているみたいだけどね。それでいいべ、とか。うざったいってのもそうね。私なんか福生《ふっさ》に移り住んだ二十数年前から使ってる。地元の友達に感染《うつ》されたのだ。これらは多摩弁ではなく、ルート16号線弁って噂もあるけど。ま、それはともかく方言って、とてもチャーミングだと思う。ただし、自然に出てしまう場合に限るけど。何事も作為が働き過ぎた段階で魅力は半減してしまうものだ。

言葉に対する意識というのは、本当に人それぞれ。江國さんは、「せっかく」という言葉に弱いのだと言っていた。解る気がする。私が弱いのは「味方」って言葉。おれはエイミーの味方だから、とか言われちゃうと、弱い所を突かれたような感じになる。つっかえ棒、外されちゃった、みたいな？　これって、人によって泣きのツボが異なるのと似てるよね。お酒の席で、私の泣きのツボは結婚式と誰かが言えば、おれは動物と言う人も。ひとりは、もう今だったら、断然「拉致《らち》」ですなんて言ってたっけ。父と子という作家もいれば、おじいさんの古時計と歌う歌手もいる。まあ、これを上手く活用すれば、ロマンスにも有効な訳で。ポンちゃんにとって秋は、conversation 4 taste of sweet soul. 白鳥の池のプリマなおれ。

しっぽりと年の暮れ

　ようやく書き下ろしがあがり晴れ晴れとした気分になっても良さそうだが、いざ終わってみると、すっかり気が抜けてしまって、毎日飲んだくれてごろごろしているだけである。昨夜も西荻窪の Konitz（友人が店主やってるジャズバー。暇だ、どうしてくれる、と嘆いているので皆さん行ってやって下さい）で、文藝春秋の森くん（私ともどもエイミーズカフェのキッチン担当）と朝まで、すごーくだらけた態度でお酒を飲んでいた。中央線にいる私って、ほんと、骨が抜けてるふにゃふにゃ状態で、人さまにお見せ出来る代物ではない。世の中の女性誌を読むと、皆、自分磨きに精を出しているみたいなのに、いいのかなー、これで。二十代に想像していた四十代の私は、ライフスタイルを確立した大人の女になっていた筈《はず》なのに、毛玉の付いたセーターと穴の開いたジーンズ姿で、飲み屋のカウンターに額をのっけて、やる気ねー、とか言っているよ。昨夜もおんなじ。顔見知りのお客さんが持って来た「巨人の星ＪＡＺ

Z」と「あしたのジョーJAZZ」とかいう不思議なCD聴きながら、森くんとCCC計画を練っていた。

CCC計画とは。それは、Crack Crying Christmas の略である。悲しいクリスマスをぶち壊せ計画とでも言うべきか。お相手のいない寂しいクリスマスを過ごしそうな危機を感じている人々が、肩を寄せ合って互いを慰めながら、聖夜を乗り切るのである。エイミーズカフェで、料理長の私が腕をふるうディナースペシャル。今年は、諸事情でアメリカ行きを取り止めたので、私も寂しい人たちの仲間入り。サウス・キャロライナにいる夫にこの計画を電話で伝えたら、オー、イッツ・ミザラブル!! とか言って、げらげら笑ってた。仕方ないので、私も笑った。やっぱ、明るく生きないとね。森くんは、残りの数週間で、その計画に加わらないですむよう働きかけるなんて言ってるけど、潔く諦《あきら》めた方が良いんじゃないのかなあ。今年の聖夜は一緒に捨てようよ。イワタニのカセットコンロを購入するから、鶏団子《とりだんご》の鍋《なべ》でもつつこうよ。あ、この鶏団子鍋、堀内三佳さんという漫画家さんの描いてる「夫すごろく」（祥伝社フィールコミックス）というエッセイ漫画に出ていたもの。このお宅の御主人は大変な料理好きで、彼考案のレシピが時々載っているのだが、どれも簡単でとってもおいしく役に立つ。鶏団子鍋もすごく美味だ。鶏挽《ひ》き肉と豆腐を練って作った団子を野菜と共に土鍋に投入するというそれだけのものなのだが、取り皿のふちになすり付けた味《み》噌《そ》をスープで崩しながら食べるのがグッドアイデア。おつゆを飲むと、普通の味噌汁なんかよりはるかにおいしく、暖まる。ホワイトクリスマス（予想）を、このしみじみとした鍋をつつきながら、今年の反省と共に、のんびりと過ごそうじゃないか。来たれ!! 寂しい子羊たち!! どうせ、大酔っ払いの溜《たま》り場になるだけかもしれないけどさ。

ところで、私は、いつも長編の最後の部分を都心の某ホテルで書きあげる。そこは、私にとって、色々な意味でグッドラックを呼ぶ場所なのだ。コージーで、ごはんもおいしい。大学にはさまれているので、外に出て即夜遊びという訳には行かないが、落ち着けるバーもある。今回も、仕上がる時間を予想してルームサーヴィスのシャンペンを予約して自分にプレッシャーをかけて部屋にこもった。

……暴挙だった。担当である新潮社の小林と前祝いなんかやってしまったので、仕上がり予定日は、目覚めた時から、ひどい宿酔《ふつかよ》い。無理矢理、起き出して机に向かうのだが、どうにも集中出来ない。ああ、あと数時間で、シャンペンが届いてしまう!! 書け!! 書くんだ、エイミー!! ええ、書きましたとも。自分を叱咤《しった》してプロの意地を見せました。純文学とは、自己の言語世界に挑戦するものである。と、格好つけて言いたいところだが、私の場合、シャンペンを待たせたら申し訳ない!! というそれだけの理由でペンを走らせてたみたいね。もう、何のために作家やってんのか解んなくなって、書いてて泣けて来ました。

しかし、切り替えの早い私。最後の一行を書き上げた瞬間には、自己反省なんかどこへやら。ふっ、文学にはシャンペンがよく似合う。え？ 富士に月見草？ もっとゴージャスになろうよ、治くん、とひとりごちるのであった。太宰治先生、すいません。生まれて来てすいません。

夜更け、お祝いに駆けつけてくれた他社の担当編集者も帰り、私と小林の妙齢（と、うが立ったとも言うが）の美女（申告したもん勝ち）二人は、しみじみと充実感に浸るために、ホテル内のシックなカウンターバーに腰を落ち着けた。そして、私たちの隣にいた先客の男性二人と仲良しになった。二人とも歯医者さんだという。とても感じの良い青年たちだ。

「あの、ここのホテルは、そういう人たちが多いって聞いてたんだけど、あなたたちも、出版関係なんですか？」

「私は編集者で、こっちは小説家です」

と、小林。

「ここで書いてて、やっと今日原稿あがったのー」と、私。

「へえ。差しつかえなかったら、ペンネームとか教えてもらえますか？」

「山田」と、私。

「山田さん？　下の名前は？」

「美妙」

「山田……美妙さんですか」

笑い続ける私と小林を、いかにも理系といった感じの実直そうな青年たちは、何がそんなにおかしいのだろうと言わんばかりの怪訝《けげん》な表情を浮かべてながめていた。

結局、深夜の二時過ぎまで、彼らとなごやかに飲んでいた。私は、山田美妙のままであった。私って、言文一致？　もしも、彼らが私の本を買ってくれようなんて親切にも思って、書店に行ったら、二葉亭四迷の本の前に連れて行かれることだろう。もっとも、今、あの当時の作家の本を探すこと自体、困難だろうけれど。あー、それにしても、私って奴《やつ》は。調子に乗って、私の名前は文学概論に載ってるのー、とかほざいてたような気がする。ごめんなさーい。加藤くん、宮本くん、万が一、これ読んでたら、酔っ払いのお茶目な暴言だと思って許してくれろ。

しかし、つねづね思うが、バーとは愉快なところだ。ハプニングがいっぱい。世の中には、バーに行く人種と行かない人種がいる。これは、必ずしも、お酒を飲む飲まないに関係があるとは限らない。飲まなくても、あの雰囲気の好きな人を、私は何人も知っている。この世に、バーがなかったら、どんなにつまらないことだろう。道を歩いているだけでは、絶対に出会えない人と簡単に友達になれる場所。恋愛とか友情とか、姿の見えない貴重なものが、見つけられるのを待って、確実にそこにある。同時に、憎しみや憂鬱《ゆううつ》なども、ひっそりとばらまかれて発芽するのを待っている。私たちと歯科医の青年たちが談笑している横で、大泣きしている女とそれをなだめる男がいたっけ。彼らが出て行った後、その様子をつまみにして、私たちは、またもや盛り上がるのであった。ああ、世界のこんな小さな片隅で、さまざまなハプニングが起っているよ。物書きですもの。それを目撃するために、さあ、今日も書を捨ててバーに行こう。これを、大義名分と呼ぶ。

あ、私は、バーも好きだが屋台も好きだ。この間は、奥泉光夫妻たちと浅草の酉《とり》の市に行って来た。毎年、雷門の側《そば》の鴨《かも》料理屋さんで鴨焼きを食べてから、立ち並ぶ屋台をひやかして熊手《くまで》を買い、屋台で飲んでから、六本木の私の姉さんのような人がやっているバーに届けに行く。今回は、奥泉とお金を出し合って、西荻窪の行きつけの料理屋さんと冒頭のジャズバーのためにも熊手を購入して、商売繁盛を祈って手拍子を打って来た。しかし、御利益《ごりやく》があったという話は、まだ耳に届いていない。それは、そうと、今は、色々な屋台があるね。食べたことのないものがいっぱい。見ていると、どれもこれもおいしそう。後悔しているのは、懐しの薄荷《はっか》パイプを買わなかったことだ。子供の頃山田家では、縁日の屋台の食べものを禁止していたので、私は、お祭りで目にするすべてのものが欲しくてたまらなかった。薄荷パイプもそのひとつだったというのに。あれって、どんな味がするんだろう。ほんとに薄荷の味なのかな。おいしいんだろうか。それとも、買わないうちが花なのだろうか。そんなふうに逡巡《しゅんじゅん》していたら、人混みで皆に置いて行かれそうになったので、慌《あわ》てて屋台の前を離れてしまったのである。大人になった今、指をくわえて見ていた悔しさを取り戻すかのように、おでんやらたこ焼きの屋台で買い食いをする私。こういう場所でお酒も飲めちゃう日本は素晴しい、と夫がいつか言ってたけれど、私もそう思う。これを書いている今、外では雪が降り続いている。心のあったかい男の人と雪見酒がしたいなあ。大雪が積もったら、バルコニーにかまくらを作るんだ。そして、その中で、しっぽり……って、しっぽりの語源は何だろう。語源は解らなかったが、引いた辞書にはこう出ていた。一、十分に湿り気が行き渡ることを表わす。二、男女間の情合いのこまやかなことを表わす。情愛ではなく、情合い!?　ちょっと意味深じゃないか。かまくらの中で、こまやかに情を合わせる……いいな、でも、寒そうだ。さっさと暖房の効いた部屋の中に入った方が良いかもしれない。寒い冬、男の人の体は、最高の御馳走《ごちそう》だ。それは、まさに、しっぽりとした味。ちなみに、しっぽくは、長崎の御馳走だ。おやじの駄洒落みたいで、すいませんなんだけど。

と、ここまで書いたら、冒頭のジャズバーの店主から電話がかかって来た。私と奥泉が贈った熊手は、竹の中にアレンジされたものだったのだが、その竹がまっぷたつに割れていると言う。縁起悪いぞー、おまえ、おれんとこには、すげー安いの買って来たんじゃねえだろうな、とか怒ってる。ひえー。きっと、そんな熊手なんかもう必要ないくらい繁盛するってことじゃないの？　恐る恐るそう言うと、ものは言いようだなーだって。うう、ポジティヴになろうよ。明るい未来は、そこから始まるのさ。重いコンダラ（©タモリさん）のメロディでスウィングする「巨人の星JAZZ」のCDの代わりに、チック・コリアの「スペイン」あたりをかけて、踊ってみたらどうだろう。あるいは、ディジー・ガレスピーに合わせて、ほっぺを膨らませて、運命を威嚇《いかく》してみたらいかがか。でも、実は、あの熊手、一番安いやつだったの。たぶん、店の空気の乾燥に耐えられなかっただけだと思うよ。

さて、今の段階では十二月が始まったばかり。だからこそ、悠長にCCC計画を恐れおののきながら立てたりしている訳である。熱ポン読者諸君は、どのような一年を過ごしたのだろうか。私？　地味であった。十数年ぶりに一度も海外に行かなかった。その代わり、アメリカを舞台にした小説に取り掛かっていたために、南部の地図ばかり見て過ごしていた。地図の上でアメリカ旅行をしたつもりの私。実際は、中央線と青梅線しか乗っていない私。このしょぼ過ぎた一年を来年こそは変えてみせる。三月には、新刊のサイン会ロードも待っている。ここのところ、私の友人二人が立て続けに結婚を決めているので、彼らの勢いにあやかりたいものだ。そのひとりの結婚式は、なんと二月八日の私の誕生日。畏《おそ》れを知らない奴だ。ふふふ、ジャックしてバースデイパーティに変更してやる。

彼らを見ていると、運命って本当に解らないなって思う。どこに転機が待ち受けているか予測不可能。これまでつちかって来た価値観が呆《あ》っ気《け》なく崩れる瞬間というのが必ずあるものだ。この年齢《とし》になると、出会いの数も多いが、別れの数も多い。あれ程仲が良かったのに、ある時、気付いてみると、その人が遠いところに行っていた。そんなこともしばしばである。そして、そのぽっかり空いた場所に、新しい人が大切な重みを持って存在していたりする。そして、また新しい人間関係が構築され、生活は知らぬ間に多彩な色を帯びて行く。来年は、どんな人に出会えるのかなあ。年齢を経て行くと、多くの人は、どんどん保守的になって、それで良しと自分を肯定しがちになる。そんなのってつまらないなあと思う。近頃女性誌では、年齢不詳の女を持ち上げているけど、そうなるために、若く見えるメイクアップや健康法やお洋服にばかり気を遣っても仕様のないことだと思う。年齢不詳に魅力を与えるのは、むしろ若さに価値なんておかないという強気の姿勢と、だからと言って年齢的な成熟を過信しないという謙虚さだと感じる。つまり、自分は自分という開き直りね。ま、私の場合、行き過ぎて傲慢《ごうまん》になっちゃいそうで怖いんだけど。

この間、久し振りにＴＶでアン・ルイスさんを見た。ちょっと疲れてるみたいで、なんだか寂しかった。と、言うのも、十代の終わり頃、彼女は新宿で遊んでた私たちのアイドルだったのだ。彼女がやっていた「アニーズ」というブランドのお洋服を着て、今はなきツバキハウスやブラックボックスに遊びに行ったもんです。そのうち、遊ぶ場所は赤坂や六本木に移行して、シスターファッション一辺倒になってしまうのだが、あの頃のアンは、本当に格好良かったんだから。

聞けば、パニック障害にかかってしまったということだが、実は耳馴《な》れないこの病気、私の周囲でもこれに悩まされている人は意外と多い。人前に出ると、過呼吸になったり、激しい動悸《どうき》に襲われたりするので、電車にも乗れなくなって気の毒だ。パニック障害と断定する程ではなくても、そのプチ症状を訴えている友人もいる。他人に対してどう接して良いのかが解らずに、ひどく困惑して体に変調を来たすというのである。実際、気楽に初対面の人に話しかけている私の横で、まるで石のようになっている。うーん、ストレス過多の現代の病なのか。それとも、これまでクローズアップされて来なかっただけなのか。私の知る限り、彼、彼女たちの共通点は、ものすごい自意識過剰であること。私みたいに、人に見える程度の自意識過剰なんてなんぼのもんじゃいとかまえている人間には、とても痛々しく映る。バーもお酒もかかわり合う人々も、私には必要なもの。だましだまし手ごめにして行きたいものである。ポンちゃんにとって、未来は、Looking for unconditional love of tiny treasure. 手ごめって言葉、生まれて初めて使っちゃったけど、ごむたい？　山田美妙だから、ま、いっか。

年明けから山田家仕様

ああ、脱力したまま始まってしまったよ、二〇〇三年。毎年、元日の朝は、村上春樹さんを目指して走る文学者になる決意だけはするのだが、今年は、そんなだいそれた目標なんて、はなから放棄して炬燵《こたつ》を背負ったヒトマイマイ状態のだらけたお正月。年末になると色々な雑誌が、正月休みに読みたい本の特集を組むが、小説書いてる以外は、いつも年末年始みたいな私の生活。ことさら字なんて読みたくないや、という訳で、人間ここまでだらけることが出来るのか、という人体実験しに実家のある宇都宮に帰っていました。作家の中には、元旦から気をひき締めて小説に取り掛かる方もいると聞いた。偉いことだ。私なんて、姪《めい》に、人間のクズ餅《もち》とか呼ばれてる。母には、掃除機かけられてる。夜中、炬燵で寝てたら、火の用心のためと父にコンセント抜かれてこごえてる。人々が清々しい気持になるこの時期、私は、いつも思い切り後ろ向きだ。連休のありがたみを忘れて、はや二十年近く。物書きってかたぎじゃないよなあ、と思う。でも、いいのだ。姪のかな（中二）から届いたクリスマスカードには、エイミーみたいに、ナマケモノで本気出してる奴に憧れるよって書いてあったし。ああ、でも、怠け者をナマケモノと表記すると、まるで、あの動物。顔も似てる？　うん、いつも、そう言われるの。リスペクトなんて期待していないわ。だって、私は、羊ですもの。

そう。前回で、私が、CCC計画（Crack Crying Christmas. 悲しいクリスマスをぶち壊せ計画）について書いたのを覚えてくださっている読者の方もいらっしゃるだろう。それを実行に移したクリスマス・イブ、私は、羊としての人生を授かったのである。（今年限定）

その日、我が家には、寂しいクリスマスから逃避しようとする難民が続々と集結していた。私は、エイミーズカフェの料理長として全力を尽くす所存であった。クリスマスにはクリスマスディナー、と行きたいところだが、恋に破れた、あるいは、はなから恋に恵まれない人々に、ゴージャスなディナーはつら過ぎる。そんな思いやりから、献立は、すべておふくろの味を念頭に置いたのである。本来、私は、自分の男には、おふくろの味と呼ばれる料理なんて絶対に作らない。おふくろの味をありがたがる男も恋人にしない。しかし!!　集まる人々は、難民である。ここは、温かい心で、彼らを癒《いや》してやるべきだろう。でもさ、おふくろの味って、見映えしないわりには手間がかかるんだよねー。ま、いっか、愛に飢えた奴らのためにひと肌脱ぐのも慈悲深い私のミッションよね。

そんな優しいわたくしに、何故、皆で持ち寄ったクリスマスプレゼントのくじ引きで、羊の着ぐるみが当たってしまったのか。買って来た幻冬舎の茅原《ちはら》なんて、私がその番号を引いた時に、ばんざいしてたものね。他でもない料理長の私に、何故？　私が欲しかったのは、吉田修一くん(難民の仲間入りした芥川賞作家)の持って来たバーニーズの紙袋だったのだが。五千円前後と決められたプレゼント。わざわざ、何故、東急ハンズまで行って、羊を買って来たのか。商品名は「メリーさんの羊」。モコモコの尻《し》っぽ付き白いブルマと耳と角《つの》のあるフード付きトップ。ちゃあんとクリスマス仕様に赤いリボンと鈴もデコレイトされているよ。かっわいーー!!　超かわいいっ!!

……な、訳ねーだろ。馬鹿だよ、これ着る奴。御丁寧に、今時見たこともない部厚い茶色のタイツまで一緒だよ。こんなのいったい誰が着るっていうの？　って、私だよ。そう、私は、その時から羊になってひと晩を過ごしたのである。着ぐるみのまま料理を作り続けたのである。胸を張って言える。羊になった作家は、日本中、いや世界中で私だけであろう。この夜こそ「羊をめぐる冒険」であったとは、村上春樹さまもご存じあるまい（あ、もしかしたら、早々に走る文学者を断念したのは、この時のトラウマかも）。

羊は、とっても忙しい。肉じゃが作ったり、鮭《さけ》のはらす焼いたり、文化鍋でごはん炊いたり、その間、大酒をくらい、笑い転げ、写真を撮られ、ラップに合わせて踊り、ああ、気が付いたら、皆、私を、「ひつじ!!」と呼び捨てにしていたよ。ひと休みして煙草《たばこ》を吸っていたら、あっ、ひつじがぐれてる!!　とか言われるし。暑いのでフードを脱ぐと、ひつじらしくしろ!!　と、またかぶせられるし。クリスマス難民は、もう、やけっぱち。こうしている間に、都心のホテルでは、恋人同士の甘い囁《ささや》きがあちこちで交わされていると思うと……。何の因果？　もう解りません。私は人間ではない。羊。ひつじなのよーっ!!

明け方、大酔っ払いの難民たちを全員見送った後、ふと鏡に映った自分の姿を見て、どれ程、虚《むな》しい気分に襲われたことか。うおーと叫んで着ぐるみを脱ぎ捨てた私。その直後に行き場を失くした女友達（モデル。美人なのに、こいつも難民という世の中の不思議）が、やっぱ泊めてくれろと戻って来るなり私を見て言った。

「あれー、脱いじゃったのー？　似合ってたのにー」

……そりゃ、どうも。二人で後片付けをしていたら、新たに男友達（難民ではない）がやって来て、テーブルに散らばるポラロイド写真を見て言った。

「……似合ってるよ」

そう？　ほんと？　嬉《うれ》しーい!!　な訳、ないだろ。私は人間だー!!　羊じゃなーい!!

翌日、一枚ずつポラロイド写真を持ち帰った難民たちは、それぞれの財布やら定期入れに身を隠していた羊を見て、再び笑い転げたという。電話で開口一番、「めぇー」と言ってた奴もいた。あの写真の流出を食い止めなければ。私は、ひとり冷汗をかくのであった。皆が、口を閉ざしている限り、私の羊の過去は葬り去られるのだ。うん、そうに違いない。あれは、真冬の夜の夢だったことにしよう。そう自分に言い聞かせて、心の平穏を得ようとする私。ところが。

帰省した三十日。宇都宮駅まで迎えに来てくれた妹のゆきとその娘の姪のかなが、改札口で、げらげら笑っていた。ゆきが言う。

「あれー、お姉ちゃん、羊の格好してないのー？」

「……何のことやら、わたくしには、さっぱり……」

「ちい兄ちゃん（幻冬舎の茅原の呼び名）が写メールで羊になったお姉ちゃんを送ってくれたんだよー」

ぎゃふん!!（死語ですが）側《そば》で、かなが呆《あき》れたように溜息《ためいき》をついている。

「エイミー、著名なのに……」

ああ、そうだとも。私は、ちったあ名の知れた物書きさ。それがどうした。作家にだって、羊になる権利はあるだろう。民主主義の世の中さ。ディス・イズ・フリー・カントリー!!（もう、やけくそ）

かようにして、私は、年末から、ひつじ年を満喫していたのである。正月に脱力したのも無理はなかろう。そう言えば、吉田修一くん、あんた、翌日の電話で笑ってたけど、今年も難民のままだったら、年末、どうなるか解らないよ。ふ、来年は、さる年。先祖返りのくじ引かないように、お気をつけあそばせ。

さて、熱ポン読者諸君、きみたちは、どのように新しい年を迎えたのだろうか（あー、今さら体裁つくろっても、無理ある気がするけど、ま、いっか）。初詣《もう》で？　お雑煮？　羽根つき？　日本には、愛すべきお正月アイテムが沢山あって楽しいね。アメリカ人は、大晦日《おおみそか》は大騒ぎするものの一月一日は、ただの休日。二日から何事もないように日常が始まってしまうのでつまらない。ま、その代わり、十一月のサンクスギビングから、十二月三十一日まで、お祭り気分な訳だけど。

山田家では、朝の食卓に全員がそろい、順番に、お屠蘇《とそ》をいただく。ち、甘過ぎて飲めねえよ、私のだけ久保田とかにしてくんないかな、などとぶつくさ言っているのは私だけで、皆、神妙に杯《さかずき》に口を付けている。いつも、やんちゃで聞き分けのない姪たちも、何やら、おごそかな気になるのだろう。行儀良く両手で杯を父に差し出し、お屠蘇をついでもらっている。全員がそれを終えると、父がおもむろに口を開く。その様子が、あまりにも家長然としているので、私と妹たちは笑いをこらえる。

「では皆さん、あけましておめでとう。今年もパパから、それぞれに言いたいことがあります」

まず、三人の孫たちに、ひとりひとり訓示をたれる。それが終わると、娘たちの番だ。私には、こう言う。

「お姉ちゃんは、あまりお酒を飲み過ぎないように、煙草を吸い過ぎないように、規則正しい生活を心がけるように」

「はあい」

去年と一緒じゃん、と妹。そう、父の訓示は、毎年同じだ。と、いうことは、私たちは、一年間、なあんにも進歩してないということだ。

「ママは、これからも、若々しく美しく元気でいて下さい」

「はい」

「それも去年言ってたよね」と、妹。

「しっ」と、私ともうひとりの妹。

「じゃあ、パパ自身の今年の抱負を語ります。パパは、今年は、趣味に精進しようと思います」

「……去年と同じだけど、がんばってね」と、一同。

「うん、パパはがんばるよ。だから、今日は碁を打ちに行って来る」

やっぱり、という表情で顔を見合わせる一同。一向に意に介さずに、碁会所に出掛けて行く父。残された家族は、家長抜きで、飲んだり食べたり、うたた寝をしたり、とだらける。毎年、これやってる。去年は、アメリカから戻った夫がはんてん着て、ここに加わってた。今年は、彼が来られなかったので、通訳する必要もなく、私は、ナマケモノへの道をまっしぐらだったという訳だ。それにしても、山田家ってさあ……のどかなのにもほどがあるというか……。自分で言うのもなんだけど、よくこういう家から物書きが生まれたよなあ。おせち料理のお重の中身での一喜一憂。数の子を取り合ういさかい。お餅の数に関するディスカッション。お菓子作りのミキサーの騒音。ああ、なんとシャルマンな光景だろうと感動したいところだが、普段、一日じゅう誰とも口をきかずに本読んでいることもある私には、驚異である（ちなみに、この台詞《せりふ》は、サガンの小説の中で朝、バタつきパンのことでもめている娘と愛人を見て言った父親のもの)。山田家では、常に誰かが喋《しゃべ》っている。人を放っておかない。唯一の喫煙者である私が、気をつかって移動し、ようやく煙草に火を点《つ》けると、いつのまにか母も移動して来て、目の前で喋っているのである。最近、りんごが好きで、などとうっかり口に出そうものなら、すぐさまりんごが差し出される恐怖。思わず、うるさーい！　と叫び出しそうになりながら、ふと、数年前に死んだ義理の弟は、この団欒《だんらん》をこよなく愛していたっけなあ、などと気を取り直す。家庭的なものに恵まれなかった彼は、この喧噪《けんそう》故に、山田家に入り浸っていたのである。ぼくの家族はここにしかありませんから、ときっぱり言って、不平ぶつぶつの私を暗にたしなめていたっけ。と、思い出した私は、隣の妹の家に行き、仏壇に煙草をおすそ分けして、手を合わせるのであった。大晦日の夜から、お正月にかけて、娘の手で運ばれた彼の位牌は、山田家の茶の間の隅っこに置かれている。きっと、私たちのしょうもない冗談に、昔のように笑い転げていることだろう。贅沢《ぜいたく》ですよ、おねえさん、と言いながら私を咎《とが》める彼の視線を感じるような気がする。その横で、父と母は、自分たちどちらかが先に逝《ゆ》くことになるのだからと、後のことについて話し合っている。通帳の場所などを私や妹に、しつこく言い聞かせる父。無駄だと思うなあ。この人たち、絶対に私より長生きしそうだもの。自分抜きで出掛けたことのない母に、父は電車の乗り方なんか、今さら教えてるけど、彼女は、この先も、あなた抜きで電車に乗ることはないと思うよ。

　いい加減、寝ころんでいるのにも飽きた私は、姪たちとネイルサロンごっこをする。ほら、才能なくて売れなかったとはいえ、元漫画家の私ですもの。ちまちました絵を描くのはお手のもの。ネイルキット持参で、帰省したのである。順番に、爪に絵を描いたりラメやビーズを貼り付けたりしてやって、株を上げた。けれど、中二になったかなは気のりしない様子。彼女に言わせりゃ、そういうギャルなのって、ださくなーい？　なのだ。近頃、独自のお洒落《しゃれ》路線を行く彼女。赤と紺のフード付きパーカーを重ねて、ピースマークが沢山並んだ日本手拭《てぬぐ》いをカフェのギャルソン風に首に巻いている。ぶかぶかのジーンズを落として穿《は》いて、足許はハイカットのスニーカ

ー。いいねえ。実は彼女は、人知れず私のファッション情報源なのである。ストリート系のスタイルに目がない私は、彼女と買い物に行くのが大好き。さあ、ヒステリックグラマーでもこらしめに行くかい！　と二人で出掛けて、楽しむこともしばしば。星条旗の付いたマイクロミニスカートを手に取って嬉々とする私に、それ、どうかと思うよー、と進言してくれるのも彼女である。お金のない彼女たちのお洒落のアイデアは、身のほど知らずに「ファッション・ファッショ」なんていう連載対談をしている私を、いつもはっとさせる。Tシャツ一枚を買うのに逡巡《しゅんじゅん》していた時代に、私を引き戻すのである。中一の夏に、一ヵ月私とアメリカ滞在を果した彼女。幸運にも、あの国の良い部分だけを受け継いで来たようで嬉しい。それは、強きをくじき弱きを助けるというフェアネス精神のことだが、実際のアメリカ人の何パーセントが、本当の意味でのフェアネスを知っているのか。マイノリティと結婚している私は、つくづく考えるのである。まあ、一ヵ月程度の滞在では一番良い形で影響を受けたと思われる彼女だが、時には、それが裏目に出て、給食当番を混乱させているという。この国では、はっきりと要求を口に出さないとサンドウィッチひとつですら口に入らないんだよ、という私の教えを真に受けて、おかずを余計に要求するらしい。そして、その列に並ぶ子たちも前にならえで、均等に分けることだけを念頭においていた当番はあせる。時には、男の子の食べ残しまで、私にはその栄養が必要だから、と食べちゃう。単なる食いしんぼか。こんな人たちに囲まれたポンちゃんの年末年始は、Just like a family affair with unforgetable＋forgivable time. だから人間のクズ切り、じゃなくてクズ餅？

脱・中央線なるか（ムリ）

寒さを言い訳に、毎日、おうちでぬくぬくと読書三昧《ざんまい》の私。そして、早や二月。まずいなあ。今年の目標は、なるべく外に出ることであったのに。去年は、書き下ろしの小説に集中していたせいか、ちっともアクティヴになれなかった私。後半なんか、プライベートで都心に出たのが、たった三回（お酉《とり》さま、忘年会、デート）だけというていたらく。中央線（しかも荻窪《おぎくぼ》止まり）がマイワールド？　このままでは、ブッキッシュなだけのアングラ人間になってしまう。いかーん!!　今年は、もっと広い世界に出て見聞を広めよう。

と、決意したばかりだというのに、この間も西荻窪のジャズバー（いつもここで宣伝しているのにちっとも効を奏していない暇な店）の隅っこで毛布をかぶって熟睡していた。目が覚めたら、既に明け方。客は全員帰ってしまっていて、カウンターでは、店主がひとりで酒飲んでた。起きた私がぼおっとしていると、店主が言った。

「おまえ、すげー鼾《いびき》かいて、本格的に寝てたぞ。皆、呆《あき》れてた」

時計を見ると、寝てからもう三時間以上たってる。ああ、なんだか、ものすごーく人生無駄にしちゃった気分。確かその日は、西荻の西友でばったり出会った店主に拉《ら》致《ち》され、その店に行き、ワインを飲んでいるうちに眠くなり、ちょっとだけちょっとだけと言いながら、片隅のベンチに横になり、そのまま……。これって、女としてどうなんだろう。ちょっと、豪傑過ぎやしないだろうか。ひとりでお酒を飲みに出掛けるなんて百年早いんじゃないだろうか。私の小説には恋の始まりの小道具としてのお酒がよく登場するけれども、そんな資格ないんじゃないだろうか。しかも、酔いつぶれて寝ているのなら、まだ誰かが、つらいことでもあったんだろうと、気の毒に思ってくれたかもしれないが、私の場合、単に、眠くなったからその場で寝るという動物くんのような行動様式。バーを宿泊所として使ってるって……ぐっすん、私って学生の頃に戻っちゃったみたい。これも皆、中央線のせいよ。きっと、そうに違いない。短かかったとはいえ、大学生時代をこの界隈《かいわい》で送った私。何故かこの辺に来るとだらけてしまうの。明日のことなんか、なーんにも考えてなかった頃に引き戻されてしまうの。だから、この原稿の締め切りに今、あおざめているって訳。そんな自分に活を入れるって決めた私は、来週ニューヨークに行って心を入れ替えて来ます。でもなあ、私にとっては、青山や西麻布より気を抜ける街。根性叩《たた》き直せるかどうか。もっとも、あの同時多発テロ以来、訪れるのは初めて。あの事件で亡くなった夫の従姉《いとこ》のために祈って来ようと思う。

二月はパーティ月間、とは毎年のように書いていることだが、そう、二月八日は、私の誕生日。船戸（与一）のおっちゃんとジュール・ヴェルヌもお誕生日。そして、今年から幻冬舎の石原の結婚記念日というのも加わった。親族と親しい人々だけでのこぢんまりとしたレストランウエディング。何故かケーキカットの際、立てられた一本の蠟燭《ろうそく》を吹き消した私。便乗した訳です。なごやかな雰囲気と酔っ払いの傍若無人さに満ちたひととき。新郎は、最後のお礼の挨拶《あいさつ》で、かたっぱしから人の名前を挙げて感謝してたけど、もしかしたら、アカデミー賞の受賞者に自分を重ねていたのか。緊張をほぐそうと飲み過ぎてたか、イッシー。内容は伏せるが、新婦のスピーチにどよめいていた客席。もっと問題だったのは、まっ昼間から完璧《かんぺき》に出来上がってしまったエイミーズパーティ。上京して来た主役二人の親族の方たちは、東京の業界人ってのはどうなってるんだ……と恐れおののいてしまったのではないか。結婚式って、ドラマに満ちているよね。色々な人たちによる短編競作って感じがする。今頃、彼らは、新婚旅行先のメキシコで、ようやくほっとしながら、テキーラでも飲んでいる頃だろう。結婚生活のお楽しみと苦しみはこれから始まるのである。ウエルカム・トゥ・アワ・ワールド。作家は、結婚式だからといって、手放しで結婚生活の素晴しさを歌いあげたりしない人種。まして、これがゴールだなんてナイーヴなこと、嘘《うそ》でも言えない。ただし、一度は経験すべき貴重な体験だとは思っている。これから二人で作って行くものと壊して行くものが目の前に列をなして待っている。おおいなる冒険と思ってわくわくするが勝ちである。万が一、何かが起っても、決して、他の人々の結婚生活と自分たちのを比べたりしちゃいけないよ。カップルの数だけ夫婦生活のスタイルがあるんだから。夫婦のことは、その夫婦にしか解らない。一見幸せそうな夫婦が、実は空虚な毎日を送っていたり、もめごとばかり起している二人が、実は互いをどうしても必要とし合っていたりするものだ。私は何人かの主婦の知り合いがいるが、その中で友達になれるのは、他人をやっかまない人。優れた主婦とは、家事の才能とか対外的に評判が良い人のことではなく、他人に対してひがんだりしない人のことだと思う。もう絶交してしまったかつての女友達にこういう人がいた。その人は結婚する時、まだ独身だった私に言った。エイミーもいい加減ふらふらしてないで落ち着いた方が良いと思うよ。きー、私は、ふらふらするのが好きなのっ!! 結婚したとしてもふらふらし続けるつもりなのっ!! と口には出さなかったけれど思ったものである。

私が一番幸せ、と言わんばかりに結婚した彼女ではあったが、やがて、しょっちゅう愚痴《ぐち》を言うために電話をかけて来るようになった。あんまり夫の悪口を言うので、それじゃ離婚すれば、と提案すると、子供の受験に差し障《さわ》りがあるからと答える。働く気もないくせに、私は家庭におさまっている人間じゃない、などと言う。他人の家のあら捜しをした揚げ句、自分の家の方がずっとまし、と続ける。私が、あの家はあの家で楽しそうだよ？　と言うと、機嫌が悪くなる。他人の幸せをどうしても素直に認めることが出来ないのである。うんざりしながらも黙って聞いて来た私が切れたのは、彼女がこう言った時である。

「子供も手がかからなくなって来たから、私も編集の仕事でもしてみようかなー、エイミー、誰か紹介してくんない？」

……あのねえ。こういう種類の人間って、どうして皆、同じように無神経なのか。実は、こう言った主婦も私は知っている。

「私も何か自己表現する仕事に向いてると思うの。エイミーみたいに小説でも書いてみようかな」

どちらの女とも、今はつき合いがない。ふん、やれるもんならやってみんかい。私は、小説に自己表現とかいう言葉を使うやつが嫌いなのだ。表現に値する自己って……自分の口からそれを言って恥じないって……。ああ、頭が痛い。彼女たちに必要なのは、自己表現ではなく、自己認識であろう。彼女たちは、エイミーはいいなあ、好きなことやって、と言う。しかし、その後、口に出さずにこう続けているのが解る。いい目見ちゃってずるーい。……力抜けるよね。

私が一番忌《い》み嫌っているのは、やっかみとひがみ。あの人が幸せそうに見えて、私がこうなのは、正当ではないと感じる気持。よく劣等感が小説を書かせると言われるけれど、私は、それは正しくないと思う。小説を書くのにネガティヴな心の部分は必要だけれど、それは他人と比較した劣等感である必要はない。むしろ、自分の心の内でネガティヴなものを独立させ、劣等感など寄せ付けない程の暗さを確立すべきであろう。ちゃちなやっかみとひがみは魂を汚すよ。もっとも、汚したままを良しとしている作家もいるみたいだけどね。あまりにも純化された激しい憎しみは、かえって美しい。けれど、そこまで到達出来ない下世話なやっかみは、文学とは無縁のものであろう。

と、結婚生活について語るつもりが、何故か文学方向にずれて行ってしまった。要するに、二人が納得さえしていれば、どんな結婚生活だっていいじゃんってこと。納得出来ない場合も、その主語は、いつも自分であるべきってことだ。長い結婚生活の間、どうしても、それを忘れがちになる。二人と世間は違う。自分と相手は違う。それをいつも確認しながら、二人だけの幸福のかたちを作って行って欲しいなあと、メキシコの新婚さんに思いを馳《は》せるのである。

それにしてもメキシコか。いいなあ。私は、トルティーヤ（とうもろこしの粉で焼いたパンケーキ、メキシコの主食）が大好き。以前、アメリカ本土からメキシコに行った時、本場で食べるそのおいしさにびっくり。蒸籠《せいろ》に入ったほかほかのトルティーヤに野菜やらお肉やらを何でもはさんで食べちゃう。チーズだけはさんでオーブンで焼いてもいけるよ。日本のスーパーでは、小麦粉で作った似て非なるものか、タコス用のハードシェルのものしか売ってないので、コーンミールを買って来て自分で作るしかない。これがあまり上手に出来ない上に、面倒臭いので、北京ダック用の皮で代用してみた。すると、まーったく異なるおいしいものが!! トマト、玉ねぎ、コリアンダーのみじん切りにレモンとオリーブオイルを加えたサルサをかけて食べるのだが、パーティのおつまみにもぴったりである。ついでに、ラップロールも作ってみた。ゆでて裂いた鶏肉に繊切り野菜をたっぷり、ドレッシングをかけて皮で巻いて斜め切りに。元々、皮もの好きな私。得意になって、どんどん巻いちゃう。このラップロール、ニューヨークの街角ではどこでも売っているものだが、日本では、あまり見かけない。

宇都宮の実家に戻る際の新幹線のホームの売店で必ず買うのだが、その辺のパン屋さんでも売ってくれないかなあ。どなたか、吉祥寺近辺で、気軽に買えるとこ、知りませんか？　ほら、小洒落《こじゃれ》たカフェとかじゃなくてさ（私は、カフェめしと呼ばれる食事が苦手だ。カフェめしっていう言い方も嫌だ）。

アメリカでは、タコベルというタコスのファストフードチェーンがあって、時々、食べる。日本では見かけないけど、日本人の口には合わないのだろうか。私は、手のかかった食事も好きだけれど、ファストフードも決して嫌いじゃない。ニューヨークでは、必ず屋台のホットドッグやプレッツェルを食べるし、マックベジバーガーも悪くない。でも、私が、今、一番食べたくてたまらないのは、沖縄のゴーヤバーガーなの。ゴーヤのオムレツをはさんだ丸いサンドウィッチのことよ。ちょっとボリュームが欲しかったら、ポーク（スパムの薄切り）をはさんだのに、ゴーヤチップス（ゴーヤの薄切りをフレンチフライのように揚げたもの）を付けてもらう。沖縄のおいしい名物は山程あるけど、私のお昼は、ソーキそばでもなく、ヒラヤーチー（お好み焼き）でもなく、ゴーヤバーガーで決まりなの。それも自分で作ったのではなく、ファストフード店のものが気分なの。ハワイのノースショアのハンバーガー屋をわざわざ青山にオープンするくらいなら、こちらの方も東京に持って来てくれないかしら。

ところで、私が大学生の頃、吉祥寺には、チャーチス・フライドチキンがあって、当時のアメリカ人のボーイフレンドを狂喜させていた。彼いわく、どうしてチャーチスが東京、しかも吉祥寺に!?　とのことだったが、ケンタッキーよりも馴染《なじ》みの深いチキン屋なんだそうだ。ころもがばきばきしてて、なるほど、アメリカ人の家庭で作るフライドチキンの味そっくり。ピカンパイやハラピーニョなんかがメニューにあるのも、いかにもアメリカっぽかった。いつのまにか、姿を消してしまったけど、本国には、まだあるのだろうか。どこも同じメニューのあるファストフード店と思われがちだが、実は、国や場所によって、特別メニューがあったりする。ハワイのマックには、サイミン（ハワイ風ラーメン）があるし、ニューヨークには、前出のマックベジがある。フロリダでは、バッファローウイング（手羽元のフライ）があったし、これってニーズ？　ジャマイカのピザハットのヴェジタリアンピッツァには、大量の生野菜がぎっしり載っていて最高においしかったと同時に、ジャマイカ名物、ジャークチキン（炭焼チキン）の辛さにびっくりした。アメリカ人が日本のマックで驚くのは、月見バーガー。照り焼きに玉子？　と気味悪そうに尋ねるのである。ちなみに、アメリカにもソース抜きの似たようなバーガーがあり、何故か、ウォークアウェイと呼ばれている。立ち去るバーガーの語源って、何？　まさか、エアロスミスから来てるんじゃないでしょうね。RUN・D・M・C・でもないと思うけど。あ、あれは、「ウォーク・ディス・ウェイ」だっけか。

話は変わるが、この間、男友達につき合ってもらって、TV売り場を見に行って来た。TVもなく新聞も取っていないエイミーズカフェは近頃陸の孤島と呼ばれているので、ちょっぴりまずいかも、と思ったのである。ここのところ、そこにこもって本読んでばかりいる私は、まったくの世界知らず。そうだよ、TVぐらい持ってなきゃ現代人とは言えないよね！　と、いったいいつの時代の奴《やつ》だか解らない思いつきに、ポンと手を叩き、吉祥寺のLAOX《ラオックス》に。よし、おれが選んでやる、といさんだ男友達……だったが、ぐるりと一周した彼は、私の耳許《みみもと》で興奮気味に囁《ささや》いた。

「エイミー、これからは、薄型の時代なんだねえ……!!!」

その時代錯誤の発言に、私は、まじまじと彼の顔を見

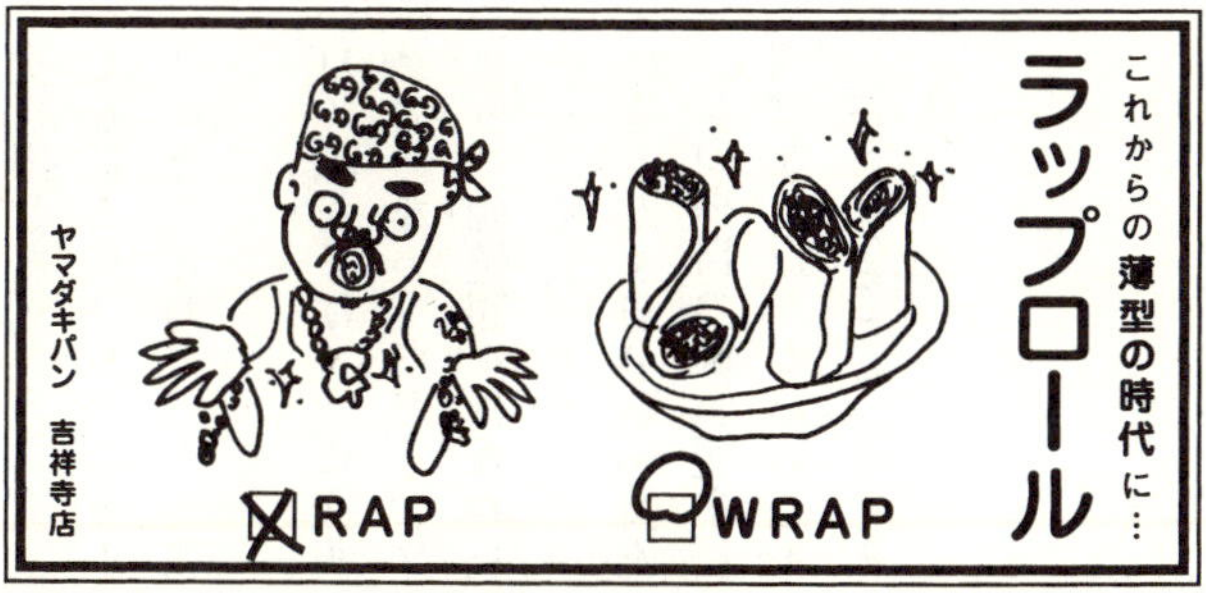

る。感に堪《た》えない、という面持ち。私は、たまらなくなって吹き出した。

「わはははは。何言ってんのー!? そんなの私だって知ってるよーん。ちょっとー、一緒にタワーレコード行って、エイミー、これからはCDの時代なんだねえ、とか言わないでよねーっ!!」

見る見るうちに耳まで赤く染める男友達であった。可愛《かわい》い!! 私たちは、共に文明の利器から見放された人種。お互い携帯電話もパソコンも持っていない。ただし、プロフェッショナルユースのターンテーブルは持っている。つまり、価値観をはなから世の中に合わせる気もない二人連れ。いつのまにか、TVはどうでも良くなり、オーディオ製品の前にたたずんでいるのであった。誰でも持っているもんを自分らが持たなくたっていいじゃんという共通認識で仲良しなのである。この独自の価値観を貫いていると、人に不思議がられること数知れず。別に、便利でなくたっていいじゃん。結婚だってポンちゃんに言わせれば、Looking for invisible treasures without convenience. メキシコの米国人(米処《こめどころ》、新潟県出身)は、無事か?

春には、たまに全力疾走

　吉祥寺の書店をうろうろした後、家に戻ろうと五日市街道を歩いていたら、猛スピードの消防車とパトカー、救急車などが、次々と通り過ぎて行った。どこかで大きな火事があったんだなあなどと思いながら、のんびり進んでいたら、遠くに見える家の前の信号で、それらの車は止まっていた。赤信号か……と思いついて愕然《がくぜん》とした。あの種の車って信号待ちしないいんじゃないのか!?　うわあ、と思って走り出した私。もしかしたら、燃えてるの私んち!?　時間にしてたった六、七分だったと思うけど、ものすごーく長い時間に思われた全力疾走。結局、火事ではなく、路地から大通りに出た車の交通事故であった。運転席のあたりがつぶれていて、ひどい状態になっていた。うちのマンションじゃなかった、とほっとしながらも、胸の動悸《どうき》が治まらない私。野次馬が続々と集まって来ていた。私もそのひとりだった訳だが、私が見ていたのは、つぶれた車ではなく、見物していた人々である。自分に関係ない事件、事故を見詰める人々って、どうして皆一様に同じ表情を浮かべるのだろう。興奮している。それも、どちらかというと、わくわくしている感じ。そして、それを隠そうと不安や心配を浮かべて見せようとしているが、ほとんど失敗している。当事者にならないですんだ近い場所にある不運や不幸って、最高のエンターテインメントになっちゃうんだなあ、と思いつき、自分もそんな表情を浮かべているのかもと恥しくなって、そそくさと家の中に入る。私は、他人の不幸に心を躍らせる人を目撃すると、ばつの悪い気分になる。そして、それを善良な仮面で覆い隠そうとしている表情を目の当りにすると、ばつの悪いのを通り越して、おっかなくなる。そういう人たちは、だいたい群れをなしているので、そこはかとなく恐ろしい。その種の群れをなす人々を喜ばせないように、私は、地味に生きて行きたい……って、これ、本当だからねっ。不本意にも時々失敗してるんだけどさ。何ヵ月ぶりかで編集者たちと飲んでるだけで取り巻き引き連れてるとか言われちゃうし。だいたいおまえ、歩き方がいばってんだよ、とか男友達に言われちゃうし。いばって歩いてんじゃないのっ!!　颯爽《さつそう》と歩こうとしてるだけなのっ!!　だって、ニューヨーカーなんだから。

そう、今の私はニューヨーク帰り。その昔、私のホームタウンはニューヨークなのとか言って、確かにいばっていた私。夫と別々に暮らしていることからの英語力の低下に加え、実家の引っ越しに伴い里帰りはアメリカ南部の田舎町という事情により、もうニューヨーカー気取りなど出来ないのである。この早口はニューヨーク訛《なま》りなの、などと、ナンパされたハワイのクラブでほざいていた私を見て驚愕していた女友達。ふ、もう、あなたを驚かせたりはしないわ。ただの多摩地区の女であることを素直に認めることにするわ。なんたって、一年半ぶりのニューヨーク。今の私は、ただのおのぼりさんとおんなじ。イエローキャブのチップを頭の中で必死に計算する田舎者なの。

　ところが。やはり、行ってみると、そんな謙虚な姿勢はどこへやら。着いた途端に、ふっ、帰って来たわ、と呟《つぶや》く私。地味でなんかいられない、ダウンタウンベイビーとは私のことよ、またもやこの街をこらしめにやって来てあげたわ。そして、気が付いたら、やっぱり、男友達の言うように、いばりんぼの歩き方をして、当然のように信号無視してた。ニューヨークは、いつでも、私をいい気にさせる街である。早速、ダウンタウンを歩き回る。ソーホーを歩き、ミートマーケットを歩き、ノリータを歩き、チャイナタウンを……このあたりで雪が降り始め、あっと言う間に吹雪に。そして、近年稀《まれ》に見る大雪となり、空港は閉鎖され、外は、ワンブロックも歩けない状態。今回は、雑誌の撮影のための滞在だったのだが、私たちは、ホテルに閉じ込められてしまった。降り続く雪を、窓から、ただ見詰める時間が過ぎて行く。でも、私には、ちっとも苦痛ではない。古びたホテルの窓枠。旧式のヒーターのパイプの音。ワインを飲みながら、いつまでも、外を見ている。贅沢な雪見酒だなあ、と思う。常宿にしているぼろホテルの窓は、私にとって何よりも、ニューヨークへの感慨を運んで来てくれるのである。ゴージャスなディナーも観劇もいらない。私は、外を見ているだけで、かつて慣れ親しんだ街を再び堪能出来るのである。もっとも、追憶という美味なるサイドディッシュがあってこそ、なのだが。

それにしても、やはりニューヨークは愉快な街だ。変な奴らが沢山いる。雪に埋もれながら開いているレストランを目指して歩く私たちの前を、スノーボードに乗ったお兄ちゃんが。誰かに運転させた車の後ろにロープを結び、ボードをつないで移動しているのだ。バスもキャブも通れなくなったパークアヴェニューの真ん中を得意気に走って行く。ソーホーにいた知り合いも目撃したと言っていたから、きっとマンハッタンじゅうを流していたのだろう。雪かき後の道路。車の通れるようになったその中心に雪だるまが立っていたりもする。車は、その雪だるまをひかないように徐行して、避けて走るのである。早速、スキーを出して、レキシントンアヴェニューを滑って渡っている人もいた。なんだか、不便をすべて楽しんでしまおうという感じ。ああ、そうか、と思った。私がこの街を好きなのは、こういうおもしろがりの人々が集っているからなのだ。もちろん、アメリカ南部の田舎町にも風変わりな人々はいる。けれども、その変わりようには、そこはかとない影がある。ユーモアとは意を異にしたような。風土が、その人を奇妙に変えてしまったような。ニューヨークのような、笑いとばしてやって行こうぜ、と言わんばかりの明るさはない。あそこの土地に、変わった人々に価値を与えるという発想はないような気がする。住んだら生きにくいだろうな、とは思うが、それはそれで独得の魅力を持っている。あまりにも暑いから寒気を覚える、とか、闇が深過ぎるから、小さな灯りが胸に染みるというような陰影が土地を匂い立たせているのである。時の流れの中に、ひっそりと息づく不道徳が、そこにある。

けれども、やはり、おもしろい悪企みに拍手を送るニューヨークのような都会の方が私には気が楽だ。エレベーターで私たちのカメラマンを見たおじさんが言った。こんな日に外に出ようとするのは、犬とカメラマンだけだ。あなたは犬？　それともカメラマン？　早速、私たちにからかわれてしまう彼。外に出ると、目立ちたがり人種の他にはしゃいでいるのは、カメラを持つ人か、犬を連れている人ばかり。ちなみに私は、極寒の中でコートを脱いで写真を撮られていた、一番の酔狂な奴だったかもしれない。あ、公園で上半身裸で撮影されてた消防士ほどではなかったけど。9・11以来、消防士はホットな存在なのである（彼が本物であったかどうかは知らない。ゲイ雑誌のグラビア撮影だったのかも）。

そんなこんなで、なんとかこなしたニューヨーク取材（と、言えるのか、雪見酒と雪見散歩にうつつを抜かしていただけのような気もする）。ダウンタウンに素敵なバーを見つけたよ。看板も出ていない常連さんのためだけにあるおいしいカクテルの店、「ミルク・アンド・ハニー」。そこで、知り合ったモデルの男の子の心理分析の話に耳を傾けながら、最後の夜は更けて行ったのである。もとい、夜は明けて行ったのであった。

部屋に閉じ込められていたので、天候チェックもかねて、ずい分とTVを観たニューヨーク滞在でもあった。CNNを観ていたら、ディジタルDJという特集があり、昔の知り合いのDJ、ユタカくんが出ていたのでびっくりした。アメリカで活躍している日本人を見ると、なんとなく鼻を高くして、えっへんと言いたくなる。別に自分のことじゃないんだけどさ。自分のことで、意味もなく鼻を高くして、皆に無視されていたのは、今日生まれた人、のコーナーを確認した後。私、金正日、マイケル・ジョーダン、ヨーコ・オノの誕生日は、ほとんど続いているのである。なんとまあアクの強い人々たちが水瓶座《みずがめ》を彩っていることか。地味なのって私だけじゃん。よおし、負けるもんか!!　私も中央線にくすぶっていないで、どんどん派手になってやるう!!

と、決意して帰国した二日後、私は、結局中央線の女のまま、朗読会を行ったのである。場所は、西荻窪の「Konitz」（いつも、ここで宣伝しているのに、ちっとも功を奏していないジャズバー）。告知のいっさいない朗読会。店に下りる階段の壁に、マジックで書いた貼り紙をしただけのプライベートライヴである。出演者は、奥泉光、私、そして、日本のウッドベース演奏では第一人者と呼ばれる吉野弘志さん。奥泉のフルートと吉野さんのベースをバックに「アニマル・ロジック」を読むという、なんともゴージャスな朗読会であった。奥泉は、「鳥類学者のファンタジア」を読み、途中フルートを吹き、おまけにＭＣまで担当してくれた。私たち二人とも、ジャズの演奏シーンを読んだので、その場にぴったりの、まさにジャズショップ。口コミだけだったというのに店は満員で（初めて見ましたよ、あの店にあんなに人がいるの）大成功だった。奥泉のフルートって、すごく格好良い。あの人が、いつも人につけ込まれそうになって、私や島田雅彦にからかわれているなんて嘘みたい。吉野さんのベースも、とっても官能的に、朗読を引き立ててくれた。あ、私の朗読がベースを引きたてたのか。ともあれ、大成功に気を良くした私たちは、またやろうね、と約束し、気が付いたら、作家と音楽家たちは、ただの酔っ払いと化していた。日頃、人前で何かするのが苦手で、講演会やら朗読会を断わっている私だが、人の熱気が伝わる場所でやるのは悪くないなあ、と思った。クラブやバーでやるリーディングって、ちょっぴりニューヨークみたいじゃない？　場所がアンダーグラウンドならなおさらよね（って、この場合、文字通り地下ってだけなんだが）。

しかし。幻冬舎のちい兄ちゃんこと茅原《ちはら》の撮った写真を見て衝撃だった。雪のニューヨークの持て余した時間に、食って飲んで、雪景色とTVばかり観て体重を増やして帰って来た私は、ものすごいでぶに写っていた。前出の吉野さんにも、無駄なく太ってるねーとか、南洋のクロマグロに似てるねーとか言われたばかり。……無駄なく太ってるって、どういう意味なんだろ。おまけに南洋のクロマグロってさー、見たことあんのかよー、寿司屋の切り身以外知らないよー、そんなもん。季節は春。これでは、いかーんと思う私（思うだけ）。新刊『PAY DAY!!!（ペイ・デイ）』（新潮社刊）のサイン会ロードももうすぐだってのに。ダイエット……してみる？　せっかくサイン会に来てくれる方々の前で、でぶに甘んじてるってのもどうかと思うし……。でも、大量に購入してトランクに入れてニューヨークから持ち帰った巨大トルティーヤ（ラップロール用、直径三十センチ、ほうれん草、いか墨、ハニーウィートの三種）も、まだたっぷり残っているし、いただき物のヴァージンオリーブオイルも封を切ったばかりだし、おまけに春は野菜がおいしくて、いや、魚もおいしくて、あ、もちろん季節にかかわらず、肉も……。どうしたら良いんだ！　と逡巡しながら、今日のグリルドチキンラップの中身を考えている私。フェタチーズと小松菜のソテーを一緒に巻いても美味に違いない。近所のおいしいおそば屋さん「よしむら」で、日本酒やりながら黒豚せいろも食べなきゃならないし（ならないいって言ってる時点で、もうやせる意欲なし）、ケーニッヒのホットドッグも食べたいし、ああ、全国の皆さん、太ったままの私がサイン会の会場に現われても幻滅しないでおくれ。私がやせるのは小説を書いている時だけなの。でも!!　トルティーヤも購入したけど、ダウンタウンの古着屋で、ミュージシャンの顔付きちびTも何枚も仕入れて来た私（ジミ・ヘンドリックスとか、シド・ヴィシャスとか、元記号、現またプリンスとか）。あれらをすっきりと着こなして、読者の皆さんの前に登

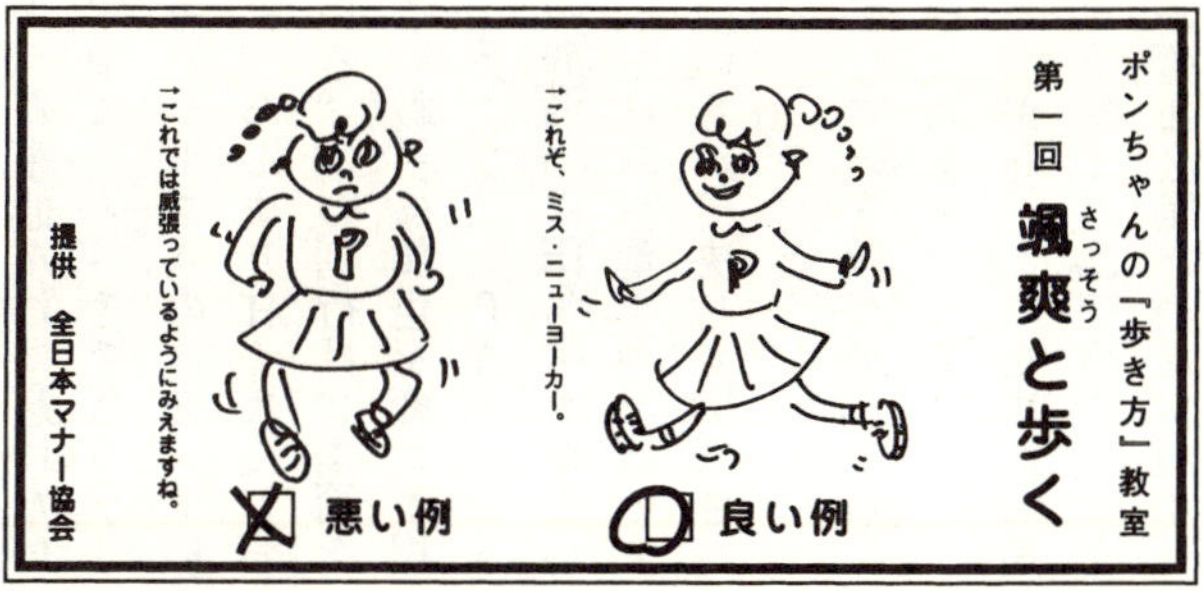

場したいものだ。元記号が、パパイヤ鈴木になってしまうような事態だけは避けたい。ここは、やはり節制して、せめてニューヨークに行く前の体型に戻すべきであろう。と、いいつつ、この原稿が終わったら、男の子と駅ビルのキハチカフェのスタンドに行ってソフトクリームを舐《な》める予定を立てようとしている私。あんまり甘くなくておいしいの。考えてみれば、私って、いつも春に一番太っている。本の刊行は、季節を選ぶべきであろう。酷暑の夏バテ到来を待つとか（うう、この戯言《ざれごと》に顔色を変える担当の小林の顔が目に見えるよう。冗談だってば）。それは、さておき、『ＰＡＹ　ＤＡＹ!!!（ペイ・デイ）』は、私の愛するニューヨークと南部の海沿いの田舎町をつないだ物語で、自信作でもある。シンプルにしてストレートな私だけの言葉を選び抜いて書き上げた長編小説、まあ、たぶんに自画自讃も含まれてはいるが、決して損はさせないので読んで下さい。

さて、日頃、自分の怠惰《たいだ》を反省もせずに、ぬくぬくと過ごしている私だが、この二月は、意外と行動的だったのである。朗読会の興奮も醒《さ》めやらぬまま、今度は、パリに住む親友、小林丸人のパイプオルガンのリサイタルに行って来た。このために帰国して練習にその身を捧げて来た丸人。実は、私も、彼の演奏を聴くのは初めてだったのである。場所は、川口のリリアホール。とても大きくて綺麗な会場だった。パイプオルガンって不思議だ。演奏者は、はるか遠いところにいて背中だけを見せている。それなのに、音は、巨大な空間を縦横無尽に走り回り交錯する。バッハやブラームスの解釈のあれこれなど、まったく不案内な私だが、神にとても近い音楽のような気がする。私がノックアウトされた南部のゴスペルとは、また違う意味で。演奏は、素晴しく、いつも、私と男の話ばかりしているだけの丸人が、うう、ここまで弾けるオルガン奏者だったのね……と、誇らしい気持になった（後でうちに泊まったら、やはり、男との色事の話ばっかしてた）。彼の写真と私の文章で『巴里製皮膚菓子』（幻冬舎刊）という本を出してから、もう一年も経つのか。あれを既に過去にして新しい世界を作ろうとしている彼には私も見習うところがあるだろう。ポンちゃんにとって、過ぎては来たる春が、making some commitment 4 my future と思う時。誰!? 胸のシド・ヴィシャスがパタリロになってるって言った奴は。

ビバ芽吹く春

やあ、読者諸君!! ようやく新刊が出て、サイン会ロードもくぐり抜け、すっかりいい気になっているポン太郎さ。古臭い書き出し? いいの!! 今、とってもビバ自分の気分なんだから。日々、小さいビバを積み重ねて生きている私だが、完璧《かんぺき》なビバがやって来るのは、やはり、新しい小説を書き上げた時と、それが本になった時だろう。それが、今。時は春。へへへ、思い切り浮かれさせてもらうわ。浮かれついでに、昨日は、男の子と井の頭公園に花見に行って、またもやボートに乗って来ちゃった。池に浮かんで見るあそこの桜は、なかなかすごい。花見客で混み合っていなかったら、荘厳と言っても良いくらいだろう。その下を足踏みボートでかたかたと進むカップル(私たちのこと)。微笑《ほほえ》ましくやりたいところだが、ついむきになってスピードを出してしまう負けん気の強い私たち。すっかり、足の筋肉を痛くさせて、ボートを降りたのであった。年寄りの冷や水? いいえ、目指すのは、老いてますますさかん、という座右の銘である。私は、おばあちゃんになっても、満開の桜の下で、男の子とはしゃいでいたい。桜の木の下には死体が埋まっている？　そんなの知らん。私は、坂口でも梶井でもないからな。ただし、団体でする花見は苦手だ。どうして、青いビニールシートなんて敷いてまで宴会したいのだろう。しかも、夜のうちから場所取りしてるって……。ピクニックの楽しさからは、程遠いような気がするけれど。それこそ死体みたいな酔っ払いが転がってるし。中には、義理で来てる人もいるんじゃないのかなあ。可哀相《かわいそう》に。花見は、やはり、好いてる男とするものざんすよ。

　そう言えば、大阪、博多のサイン会の夜には、担当編集者たちが何人も来てくれた。それこそ、義理だろうと意地悪く見る向きもあるだろうが、実際に、あの暴れ方を見てしまうと、単に便乗して楽しんでいるのね、と納得してもらえるのではないか。おいしいものとおいしいお酒。愉快な会話。東京を離れた人々は、解放感に満ちている。いったん、お開きになった後、朝の七時まで飲んでたと、翌朝、目を赤くしていた強者もいたし（せっかくの大阪の夜だぜーとか言って、ホテルの部屋で飲んでたそうだけど、それって大阪の必然性ない気もする）。

　大阪には二泊したのだが、皆が東京に戻ってしまった二日目の夜には、ワインバーで知り合った大阪人の男の子にディープな界隈を案内してもらった。ディープと言ってもやばい場所という意味ではない。彼の生まれ育った地元商店街のことである。東京にある何とか銀座みたいなとこ。観光客などひとりもいないエリアである。おっちゃんたちに混じり、立ち飲みの店で日本酒を引っ掛け、お好み焼き屋さんへ。このお好み焼き屋さんで、その男の子は、中学から、手伝いしたり、酒を飲ませてもらっていたという。まだ完全に日が落ちていないというのに、もう酔いつぶれて救急車で運ばれているおっちゃんがいた。私たちにとっては生きやすそうな街だねー、と感心する私と同行者の新潮社小林。彼女は、サイン会で、読者の女の子にプレゼントをもらっていた。開けて見ると、ラメで輝くGストラップ（Tバックのことね）。あれ、どうしただろう。ちゃんと使用しただろうか。見せる人を必要とする代物だったが、そういう人物は存在しているのだろうか。小林さんのイメージで選びましたーとか、あの読者の女の子は言っていたが、小林のイメージって……。この熱ポンで、必要キャラクターとして実在の編集者を登場させるせいで、私のサイン会には、彼らのファンも多いのである。前に、イッシーさんですかー!?　と幻冬舎の石原と間違えられて握手を求められてた文春の男の子もいたっけ。まあ、確かに彼らのようなユニークな人材はこの熱ポンの重要な登場人物なのだが。そして、私は、彼らに、親しみを込めてないがしろにされるのを、かなり気に入っているのだが。でも、ラメのパンツを贈られるほどリスペクトを勝ち取っていたとは。ねえ、ほんと、それ、いつはくの？　どういう時にはくの？　５Ｗ１Ｈで述べよ。と、ここで思い出したが、この間のニューヨークで、ちっちゃいハンバーガーが沢山《たくさん》付いた女物のローライズなブリーフとおそろいのタンクトップを購入した私。その時も、同行者たちに同じような質問をされていた。私は、きっぱりお答えしましたよ。男の子となごむ時に決まってるじゃんってね。だから、小林、ほれ、あんたもさっさと答えなさい。もっとも、私の場合、実行に移したら、子供みてーと笑われましたが。おまけに、ハンバーガーは、体型のせいで、ビッグマックになってたし。値段釣り上げてんじゃねーよ、なんて、ええ、決して言われませんでしたわ。ヴァリューセットなわたくしですもの。

それにしても、いつも思うことだが、サイン会に来てくれる皆さん、お洒落《しやれ》でチャーミングだね。こちらも負けちゃいられないって感じがする。東京のサイン会では、何故かピーコさんが来てくれて速攻で拉致《らち》されたのだが、彼女（彼？）の厳しいファッションチェックをもってしても、全員合格だったろう。日本の女の子も格好良くなったよなー。私のサイン会に来てくれる子たちは、圧倒的にストリート系のスタイルが多いのだが、昔、それを自分のものにして着こなしてる人って、決して多くなかった。日本人の苦手科目だよなーなんて、ニューヨークのダウンタウンに行くたびに思ったものだが、今は遜色《そんしょく》ないね。喜ばしいことである。そういう私は、吉祥寺のサイン会で、パリに住んでいる小林丸人からもらったスペシャルTシャツに黒いキャスケットをかぶって、にっこりと微笑んでいた。乳首の位置で銀のスパンコールをハート型に縫い付けたリプレイのやつである。目撃した男友達が、あんなのおまえの年で着られんのっておまえだけー!! と、大笑いしていたが、そう、私は、私だけにしか出来ないことをするのが趣味なの。だって、ビバ自分ですもの。

そう言えば、いつも私が酔っ払って隅っこに寝ているKonitz（ここでいつも書いて宣伝しているのが、ちっとも功を奏していない暇なジャズバー←このフレーズ、既に固有名詞）で、いつも私同様うだうだしてる客のひとり、伊勢丹の高見沢くんが、近頃、この「ビバ」を愛用している。しかし、彼が言うことには。

「この店で、ビバ自分を主張しても、ちっとも目立ちませんね……だって、ビバな人ばっかりなんですから（しょんぼり）」

確かに。店主以下、そのようである。しかし、この店だけではない。私の周囲はビバだらけなのだよ、高見沢くん。うちの近所のラーメン屋さんには、イカカレーラーメンというのがメニューとして堂々と壁に張られているし。何故、イカカレーラーメン？ どうしてイカ？ イカフライ定食もあるけど、そこから横流ししているのか？

私は、時々、その店で、ぼんやりワイドショーなんて見ながら（うち、TVないからね）、野菜いため定食なんか食べたりしているのだが、視界の片隅には、いつもイカカレーラーメンがある。きっぱりと自己主張するイカカレーラーメン。ビバな香りがして来ないだろうか。

近所の病院には、こんな張り紙もあったと知り合いが言う。

「花見のため従業員一同休ませていただきます」

従業員……？　医者と看護婦のことなのか。花見のために患者を拒否しているのか。うーん、なんともあっぱれな病院じゃないか。これからビバ病院と呼んで差し上げよう。

サイン会で行った博多の夜。知り合いの男の子の実家である料理屋さんでは、私の新刊をめぐって、作家を無視した討議がなされていた。

「私は、ロビン」

「ぼくは、ハーモニーかな？」

「やっぱ、ヴェロニカは私でしょう」

これ、私の新刊『PAY　DAY!!!』（新潮社刊）の登場人物たちなのだが、皆、勝手に自分の役を決めているのである。くー、あんたたち、外人か。私の作品を赤毛物にしようとしているのか。

出遅れてしまったひとりが言う。

「ぼくは、ですねえ……」

「あんた、ラッキーにしなさい」

「ええっ!! そんな」

ちなみに、ラッキーとは、作品にちょこちょこ姿を見せるアライグマである。

「ラッキーが嫌だったら、雨の木でもいいよ」

ちなみに雨の木とは、英語でレイントゥリーと呼ばれる樹木の種類。小説の風景描写に使われている。

「あのう、ぼく人間が良いんですけどお……」

「ああっ、このふぐおいしーっ!!」

「今季、最後のふぐだねーっ」

「あ、ですから、ぼくは人間が……」

「ひゃー、竹の子もうまーい!!」

無視されてしまったひとりの男子。ビバに出遅れてしまった彼は、その夜、ラッキーと呼ばれ続けることになる。仕方ないね。もっと、闘争心を持って、ビバに臨まなくてはいかん。彼は、帰国子女なのだが、アメリカ時代、ハイ、ゴージャスと金髪美女に言われたという。ゴージャスでラッキーなんて、すごいじゃん。雨の木ってのも悪くないよ。ネイティヴアメリカンの名前みたいで超格好いい。変化球なビバみたいな気がする。名誉ビバを進呈するにやぶさかでない。

このゴージャスにして、ラッキーなミスター名誉ビバは、博多まで、わざわざサイン会用のお守りを届けに来てくれたのだ。そのお守りとは、なんと、ガリガリ君アイスキャンディの当り棒。実は、私たち、共にガリガリ君フリークなのである。この間は、彼から部厚い封筒が届いたので、早速開けると、中には、ガリガリ君に関する資料が!!　なんと赤城乳業の地図まであるよ。ヤッホー、これで、私のガリガリ君に関する知識は完璧ね。ガリガリ君の弟がガジロー君、ソフト君がガリガリ君のいとこだなんて知ってた？　ガリガリ君が生まれたのは、一九八一年なんだよっ!!　って得意になりたいところだが、実は、私は、まだ当り棒を手にしたことがなかったのである。ぼく、ありますよ、とさらりと言ってのけた文春の丹羽くん、あ、もといミスター名誉ビバ、に嫉妬《しっと》を感じなかったと言えば嘘になる。おまけに、彼は、私の出会ったことのないコーラ味も食べたことがあるというのだ。梨味も温州《うんしゅう》みかん味もレモネード味もクリアしたというのに（これらは季節ものらしく、すぐ姿を消す）。なーんか、世の中、フェアじゃない気する。やーっぱ、ラッキーか雨の木でいいじゃーん、と不《ふ》貞腐《てくさ》れたいところだったが、後で手渡された当り棒のお守り!!　良い人かも。かもめにして空を飛ばせてあげたいかも（かもめも作品に登場する）。ラッキーなんて呼んで悪かったかも。でもさー、彼って、食事と飲み会にだけ参加して、翌朝すみやかにお帰りになったけど、本当に、お守り届けに来たんだろうか。それとも、季節最後のふぐ目当てで来たんだろうか。白魚のおどりをすくう姿は、縁日の子供みたいだったけど、なんで、あんなに楽しそうだったんだろ。ま、いっか。熱ポンの新キャラクター発掘ってことで、ありがたく当り棒をちょうだいしよう。

ところで、今回、新刊を出すにあたって、沢山の取材を受けたのだが、毎度のことながら、インタビューは楽もあれば苦もあり。良いインタビューアーに会うと、答えながら、自分自身気付いていなかったことを発見して、はっとさせられる。嬉しいひとときである。けれども、そんな場合ばかりでないのも事実。あるインタビューを、イラク戦争勃発当日に受けたのだが、こんなこと聞かれちゃったよ。

「この本は、開戦に合わせて出そうと思ったんですか？」

……。いつ戦争が始まるかなんて、私が知ってる訳ないだろーっ!!　かと思えば。

「主人公たちは双子ですけど、これは、崩壊したツインタワーの象徴としてなんですか？」

……深読みしてくれてありがとう。しかし、私は、そこまで臆面なくないよ。と、呆《あき》れていると、また別の人は。

「登場人物の台詞《せりふ》で、ナショナリズムなんて大嫌いというのがありますが、これは、山田さんの決意表明と受け取ってよろしいですね」

……悪いけど、私には、なーんの政治的決意もないよ。みんな、もっと、ちゃんと小説読もうよ。と言っても、この人たちって、全員文芸記者なんだよね……とほほ。文芸ジャーナリズムって、いったい……。彼らにだけは、若者が本を読まないなんて言って欲しくない。今回のサイン会で、何人かの読者の子たちが言ってくれた。私も大切な人を亡くしたんですけど、この本を読んで、ようやく救われました。こういうのを聞くと、ぐっと来て、心から感謝したくなる。私の実力が足りなくて誤読させたのなら仕方がないが、そうじゃない気がする。文学の世界にいる人ほど、小説を読むという世にもシンプルな娯楽の醍醐味《だいごみ》を忘れているような気がする。しかし、勘違いにも酷評にも慣れっこになっちゃってる私は、目利きの読者を頼りに、この先も書き続けて行こうと思う。皆さん、いつも、サイン会では、力づけてくれてありがとう。熱気にくらくらしながらも、もっと、真面目にお仕事しなきゃなあと反省することしきりである。

この間、仕事の後に雑談をしていて、今回の戦争に話が及んだ。私が、湾岸戦争を引き合いに出した時、ある男性が言った。

「でも、アメリカは、たいして死ななかったんですよねえ」

……殴ってやろうかと思ったよ。私が書いてるのは、まさに、その「たいして」と言われちゃう人、そして、その人を失った人々のことだというのに。罪もない人々を犠牲にするなんてひどい、と多くの人は言う。そんなの当り前だ。けれど、ぬくぬくとした場所で、それを口にするのは簡単なことだ。私は、そんな簡単なことに、自分の言葉を使いたくない。この先も、「たいして」と言われてしまう一番隅っこにいる人々に目を止めるのを止《や》めないだろう。って、ちょっぴり、なんちゃってティム・オブライエンになっちゃってる近頃の私。ブッシュなんて大嫌いだが、安易な反戦メッセージにもかちんと来ているのである。でも、大人しくしている。男の子と花見して喜んでる私に、声高になる資格はないからである。ポンちゃんにとって、ビバ自分とは、pretend to be arrogant with modest thoughts の姿勢。近頃、意識してるのは、ジェニファー・ロペス・スタイル。ビバも休み休みやれ？

やくたいもない時を求めて

ああ、ようやくゴールデンウィークも終わりましたね。日々、ゴールデンウィークどころか、ゴールデンマンスを積み重ねて生きている私には、ちっともありがたみのないこの時期。友人たちも、この時とばかりに出払ってしまって、ほんと、つまんない。アメリカに住んでいる夫も、そんなにすることないなら実家に帰んなよーと電話して来て笑う。彼は、昔から、ゴールデンウィークという言葉を口にするたびに笑う。たかだか一週間の休暇が、金色なのか？　という訳だ。ええい、学生時代に三ヵ月もの夏休みで呆《ほう》ける歴史をくり返して来た奴《やつ》らと勤勉な日本人は違うのさ、と反論してみるものの、私が言っても、ちっとも信憑性《しんぴょうせい》はない。よし、私も、たまにはゴールデンウィークの正しい過ごし方を実践してみよう！　とばかりに、帰省ラッシュのど真ん中に実家に帰り、Uターンラッシュの真っただ中に戻って来た。

新幹線の混み合うデッキの階段に若者に混じって腰を降ろして、郷愁に浸るのもたまには良いものだ（たまには、たまにはね、ほら、ほんとは年寄りだから）。大きな荷物の上に座って文庫本を読んでいる男の子をながめながら、私の本も、こんなふうに使われたいなあなんて思う。差し込む午後の陽《ひ》ざしに照らされた、ちょっと疲れた表情の人のたたずまいを、味ある風情に変える本。額に軽く刻まれる皺《しわ》のせいで、その人が、少しばかり深刻な場面を読んでいるのが解る。横では、狭いながらも居場所を見つけたカップルが、壁に寄り掛って、見詰め合ったり、口づけを交わしたりしている。電車内でべたつくカップルに嫌悪感をあらわにする人々は多いけれど、私は、そんなことは感じない。ただ、いいなー、羨《うらや》ましい、と思うだけである。恋なんて、元々、陳腐なもので、取り繕《つくろ》って格好をつけたりしても、無駄な気がする。だいたい、愚かなことって、すごく楽しいもんじゃない？　三人も子供を連れて困り果てているお母さんもいる。子供にとっては、車窓の見えない電車内など退屈極まりないに違いない。ぐずっている。ふふ、どうだ、いいだろう。大人は、こんな所でも楽しみを見つけることが出来るのだよ。私は、いつも子供嫌いであるのに、子供に注視されることになっている。で、迷惑なので、親に見えないように、変な顔を作って威嚇《いかく》してやる。ぎょっとした子供は、いったん慌《あわ》てて視線を外すものの、再び恐る恐る私を見る。で、私は、また変な顔を作る。それをくり返すうちに、威嚇は、いつのまにか、サーヴィス精神へと進化してしまい、子供は、喜びを甘受し始めてはしゃぐ。あー、なんだか、自分が、子供嫌いなのか子供好きなのか、さっぱり解らなくなって来るよ。こういう事態は多いものである。犬嫌いの筈《はず》の私が、友人宅のチワワにいつも欲情されて下半身こすり付けられてるし。椅子《いす》に座ってると、いつも、私のふくらはぎに、後ろ足立ちしてしがみ付いて来るんだが……犬のオスしか、私の足に欲情しないというのは、由々《ゆゆ》しき問題であると思う。ふくらはぎでは、子孫を残すことは出来ないと、レオ(そのチワワの名)に教えてやらなくてはならないだろう。

それは、ともかく。そのようなささやかな楽しみをくぐり抜けて辿《たど》り着いた実家で満喫する姪三昧《ざんまい》。たった数ヵ月会わなかっただけなのに、三人の姪は、別人のように成長している。特に足。今の子供って、どうして、あんなに足が大きいのだろう。小学校六年生にして二十五センチ!! 私たちがその年齢の頃、二十五センチの女子なんていなかったと思う。食生活の違いなのか? その子、恵紗《けいさ》は背も高い。私とたいして変わりないくらいだが、それでも、クラスの真ん中だと言う。その身長で、ランドセル背負ってるって……。ファッション的にどうなの? デイパックに変えた方が良いのでは、と女性誌で連載ファッション対談をしている私は思うのであった。あのランドセルって代物、大人の目から見たら確かに郷愁をそそるのであるが、私は大嫌いだったな。重い割には、あんまり入らないし。それに、私は転校生で、他の子たちと違う色のを背負っていたので、それを理由にいつも苛《いじ》められてた。ぶら下げてた給食袋に石を詰められたなんてしょっちゅうだった。だから、子供嫌いになっちゃったのかな。今でも、私は、子供と動物を好きな人に悪い奴はいないという常識のようなものを全然信じちゃいない。私が、ある子供を好きだと思う場合、それは、その子が子供だから好きなのではなく、その子を人間として好きなのだ。私よりも、遅れてスタートを切った人間として。だからと言ってハンディなんて付けない。どうだ、追い付いてみろと思うこともあるし、そのパワー分けて下さーい、と殊勝に接することもあるのである。年齢は、ただのナンバー。世の中には年若い大人もいれば、年食った子供もいる。その特徴が良いふうに出る人もいれば、悪いふうに現われてしまう人もいる。願わくば、大人なんだか子供なんだか解らないたたずまいが魅力として加えられるような人物になりたいものだが。

あ、そう言えば、この間、これまた大人だか子供だか解らない憎めないおっちゃんの新居に遊びに行って来ました。私と誕生日が同じの船戸与一さんのことである。

その晩は、私にとっては行動的と言えた。「ブルーノート」に出演するウッドベース奏者の吉野弘志さんの参加するトリオの演奏を聴きに行き、西荻窪の Konitz（ここでいつも宣伝しているのにちっとも功を奏していないジャズバー↑既にこれ全体が固有名詞）で酔っ払い、店主とお客の男子一名と、突然の船戸邸訪問を決めたのである。勝手に決められた船戸のおっちゃんも迷惑だったろうが、そもそも、私は、ブルーノートを出てからくさっていたのである。傍若無人な振る舞いを渇望していたのである。

前に、この熱ポンでも書いたのだが、吉野弘志さんは、私と奥泉光の朗読会でベースを弾いてくれた人。そして、私を無駄なく太ってるねーとか、南洋のクロマグロに似てるねーとか描写して、既に、私をくさらせてくれた方。でも、心の広いわたくしですもの。そんな残酷な写実主義のお言葉など忘れていましたわ。

ところが。ブルーノートのテーブルに着くなり、ウェイターの人が私に紙を差し出した。吉野さんからのメッセージだと言う。見るとそこには。

「詠美さん、もし良かったら終演後、楽屋に寄って下さい。サイン会続きで、どれだけ肥えられたか見たいものです。　吉野」

きーっ!!　あくまで私をデブのポジションに置こうとしてる訳ねっ!!　そっちがその気なら私にも覚悟があるわ。絶対に絶対にやせてやるっ!!　と、やけ酒に突入したのである。これでは、思う壺《つぼ》？　同席していた件《くだん》のジャズバー店主は、げらげら笑ってたけど、全然おもしろくなーい。演奏は素晴しかったけど、つまみのフレンチフライのせいで確実に体重は増えた。えーい、くさってやる!!

で、何故、船戸邸？　さあ、私にも解らない。自分より太った人を見て安心したかったのか。しかし、そこでも、脂身のたっぷり付いた美味なるスペインの生ハムを御《ご》馳《ち》走《そう》になっていた私。よそのおうちの台所で、嬉々《きき》として、ハムの塊《かたまり》をスライスしている自分に気付いて、もう諦《あきら》めましたよ。南洋のクロマグロとでも何とでも呼んでちょうだい。

船戸邸では、おいしい赤ワインをいただき、御自慢のプラズマTVで、「プライベート・ライアン」を観《み》せてもらい、高性能のマッサージ椅子でとことんリラックスして、明け方おいとました。おっちゃんは、いつものように、私が問題視しているヴェスト（チョッキと呼ぶべきか？）を着ていらっしゃった。後日、ジャズバー店主と、あれはヴェストではなく、彼の皮膚なのではないかと話し合ったのだが、本当のところは解らない。毛玉が付いてたので取ってあげた。皮膚に毛玉が付くものだろうか。あまり深くは追及しないようにしよう。それにしても、あの瀟洒《しょうしゃ》なマンションにひとりくつろぐおっちゃんは、妙にシュールだった。しかし、深夜、勝手に人のおうちでくつろぐ私と男子二名は、もっとシュールだった。ともあれ、御馳走さまでした。お土産にキャビアまでいただいちゃったよ。ヤッホー、また行こうっと。

と、人の迷惑ちっとも省みない奴である。私や友人たちは、深夜に突然思い立って行動を起こすことが多い。唐突にどこかに行こう！　とか、誰々の家に押し掛けよう！　とか、あいつ呼び出そう！　とか。昔、今以上にやんちゃだった頃、朝まで六本木のクラブで踊って、そのまま海辺までドライブ、なんてのは日常茶飯事だった。横浜の山下公園でひと眠りしてからホテルニューグランドで御飯を食べて、六本木に戻るか、横須賀でまた遊ぶかを決めかねて、結局、福生の友人の家に押し掛けたりして。あの頃に比べると、ずい分とまったりしちゃったものです。それでも、突然誰かに電話をして思いがけない展開になることがある。

少し前のことになるが、幻冬舎の石原と二人で西荻窪でごはんを食べて、お酒を飲んで良い気分になり、団鬼六センセに電話したことがあった。すると、すぐにこっちに来んかいとおっしゃる。団センセのお宅は浜田山なので、タクシーですぐの距離。もちろん、わーい、わーい、と大喜びでそちらに向かい、行きつけのキャバクラに連れてっていただいた。そこは、団センセの亡くなってしまった彼女がかつて働いていた店。私と石原は、彼とお店の女の子たちが語る亡くなった方の思い出話に耳を傾けた。しんみりとしてせつない気分だった。団センセは、その彼女のことをいくつかの作品で書いている。写真を見せてもらうと、えらい別嬪《べっぴん》さんだ。小説の中の情景が、突然、鮮やかに私の中で像を結ぶ。大切な人を失うってやるせないねえ、としみじみとする私と石原。でも、キャバクラの女の子たちが偶然持っていた私の本にサインをしながら、ちょっぴり得意な気持になったりして。世の中って解らない。団鬼六とキャバクラ行って、自分の本にサインすることになろうとは。作家になる前の私に教えてやったら卒倒してしまうだろう。そんな図々しい振る舞いするなんて、私じゃなーい、とぶんぶん首を横に振るかもしれない。その頃の私と今の私、どちらが大人なのだろう。先輩作家のお宅に押し掛けて生ハム切ってる自分は子供がえりしているのか。昔出来なかったから、失われた時を求めて状態なのか。

失われた時を求めて!?　唐突に思い出したが、女性セブンに、カーツさとうの「七《セブン》つの投稿見聞録」という連載があって、これがなんとも言えずおかしいの。私は、これを読むためだけに女性セブンを買っているのだが（嘘。ほんとは、漫画「ＧＯＬＤ」の続きも気になってる）、カーツさとうっていったい何者？　男性誌で連載してるコンビニ食品に関するコラムもおかしいし。どういう出自の方なんでしょう。誰か教えて下さい。

さて、この「七《セブン》つの投稿見聞録」だが、タイトル通り、読者の投稿で構成されていて、そのひとつひとつにカーツさとうがコメントを付ける、というもの。それが、いちいち私のツボにはまるのだが、投稿された葉書自体も愉快なのが多い。しばらく前に読んだものにこんなふうなのがあった。

「プルーストの『失われた時を求めて』の中に、山羊とやったら人間の女となんかもうやれないというフレーズがあるらしいのですが本当ですか？」

カーツさとうは、自分の回りに誰も読み通した奴なんかいないんだよー、とか何とか答えていたみたいだけど。確かに。どんな読書好きに尋ねても、これを読み通した人は、私の周囲には皆無なのである。山羊とやったらって……プルーストよ、きみは、そんなことを本当に書いてしまったのかい？　しかも、二十世紀文学の出発点と呼ばれるその作品で。ああ、その投稿者の疑問に出会って以来、私は気になって仕方がないのである。どなたか教えて下さい。山羊って、そんなに良いんですか？　じゃなかった……あの作品には、本当にそんなフレーズが出て来るんですか？

やくたいもない……。そう、私は、やくたいもないものや、ことが大好きだ。それの追求はライフワークと言っても良いと思う。何を考えているの？　と憎からず思っている男性に尋ねられたら、ふっと遠い目をして、マルセル・プルーストについてよ、と答えたい。万が一、そういう私を目撃しても、本当は、山羊について考えてんだぜーなどと、看破してはならない。カーツさとうは言う。ガリガリで思い出したんだけど、昔、骨皮筋《ほねかわすじ》右衛門《えもん》って言葉、よく使わなかった？　〝骨〟と〝皮〟と〝筋〟はわかるが、〝右衛門〟ってなんだよ！　うーん、なんでしょう。問題は山積みである。だらければ、だらけるほど、問題が増えて行く私の人生。誰か共有してはくれないだろうか（夫には、とっくに呆《あき》れられてるので）。

話は変わるが、遅ればせながら、ようやくマイケル・ムーア監督の「ボウリング・フォー・コロンバイン」を観た。良くも悪くもなかった。普通？　ついでに、やはり遅ればせながら、『アホでマヌケなアメリカ白人』（柏書房）も読んだ。これも、やはり、普通？　今、この人に共感しなきゃインではないという雰囲気って、私には理解が出来ない。確かに正しいことを訴えかけているのかもしれないけど、「ボウリング・フォー・コロンバイン」は、ドキュメンタリーとして、そんなに優れている

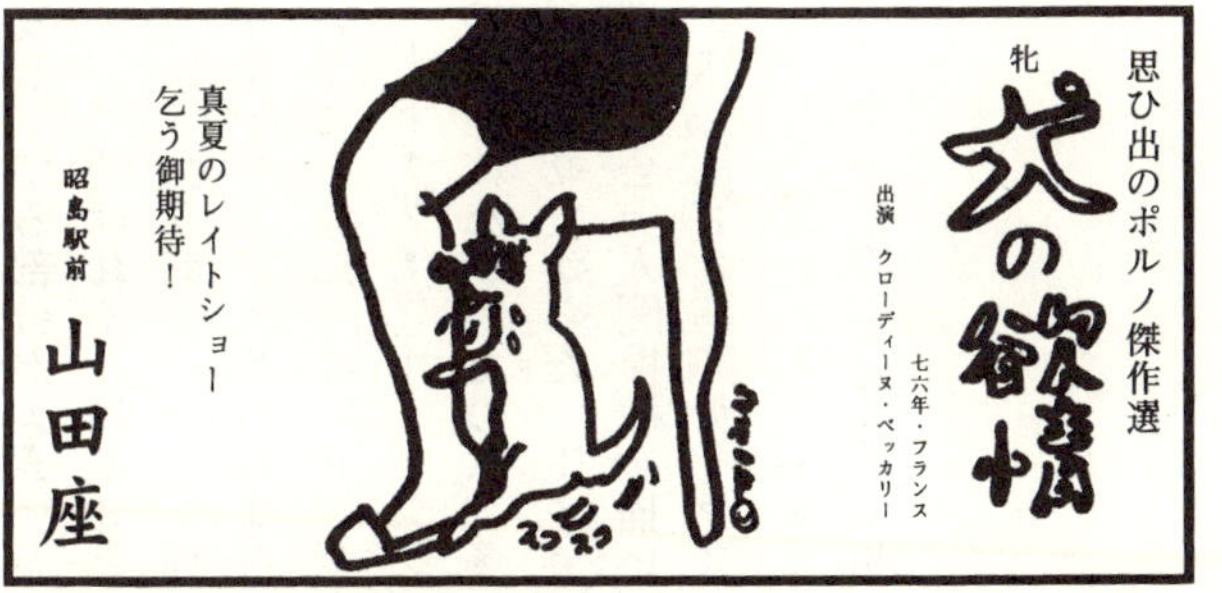

かな。アメリカ人は、これがアカデミー賞を取ったことで安心してる部分が大きいと思う。ほうら、私たちの国って、やっぱりフリーカントリーって呼ばれるだけのことはあるでしょって。この映画が、たいしておもしろくないのは、当り前のことしか描かれていないからだ。アメリカの銃社会が矛盾を抱えているなんて、アメリカ人なら皆知ってる。でも、賛成派も反対派も決して妥協しないということも知っている。それを提示しただけのような気がする。スパイク・リーの「ドゥ・ザ・ライト・シング」が優れた作品であるにもかかわらずアカデミー賞に相手にされなかったのは、多くの人がさらけ出されるのを恐れていたものを、さらけ出して見せたからだ。ドキュメンタリー映画だったら、高校のバスケットボール選手を巡る社会と人間模様を描いた「フープ・ドリームス」みたいなのが賞を取れば良いのに、と思う。『アホでマヌケな……』の方は翻訳が気になる。「奥ちゃん」って何だ？　まあ、これを考えて悶々《もんもん》とするのもやくたいもないことで、ポンちゃんにとっての I love it mad な事柄なのだが。骨皮筋右衛門めざして、考え込んでみるかい。

六月の趣味は問題視

問題視する事柄の多い人生だ。近頃、暑い日が続くので、氷を入れた飲み物の出番が多くなる。冷蔵庫で作った氷はあまりおいしそうでないので、いつも近所のコンビニで氷を買っている。ある日、遊びに来た男友達が勝手に飲み物を作りながら言った。

「エイミー、この氷の袋、見てみ。1・1kg入りって表示があるよ。ねえ、なんで、なんでだよ、なんで1kgじゃなくて、1・1kgなんだよ」

あ、本当だ。その割り増しされた0・1kgは、どういう理由によるものなの？　私たちはそれからしばらくの間、氷1・1kg問題について討論した。しかし、当然、私たちの頭で解決出来る訳がない。彼が言った。

「なあ、もしかしたらおれたちって、ものすごーく初歩的な数学の理論を知らないで話してるのかもしれないよ」

数学!?　そりゃ駄目だ。なんたって、試験問題ひとつも解けずに、何故《なにゆえ》数学と自分は相容《あいい》れないかという論文で勝手に答案用紙を埋め尽くし、お情けで進級して来たおれ様だからな。ローソンの氷に潜む数学なんぞ知らん。溶かしてしまえ。大人になることのメリットは、自分の苦手な問題を無視出来るようになることである……と強気になりたいところだが、本当のところどうなんでしょう。0・1kgの謎についてご存じの方、教えてはくれないだろうか。

と、思えば、また別の日。窓を開けて友人となごんでいたら、一匹の蠅が飛び込んで来た。ちぇ、うっとうしいな、と思っていたら、友人が言った。

「ここ六階だろ。蠅は、あんなにちっこいのに、なんで、こんな高いところまで飛んで来られるんだろう」

うーむ、言われてみりゃそうだ。

「不思議だなあ、蠅。偉いなあ、蠅。おれらには真似出来ない」

……真似しなくても良い……真似しなくても良いのだが、蠅にとっての六階は、人間にとっての空のようなもの？　だとすると、やっぱりすごい。偉大な蠅さま。しかし、うるさいので殺す。ちょっと、殺虫剤のスプレー持って来て。シュー。あ、私ごときにやっつけられてる。大空を飛び回っても、こんな結末が待ち受けている蠅の一生。やっぱり、真似したくない。

この間の三島賞、山本賞の選考会の後の集まりの時のことだ。受賞者も決まり、ほっとひと息ついて歓談する両選考委員たち。私は、三島賞選考委員の方々のテーブルにお邪魔して仲間に入れてもらう。その時の私の格好は読者の子にプレゼントされたアディダスのキャスケットに、マリー・クワントの革のミニスカート。その出立ちを見た髙樹のぶ子さんが、私に尋ねた。

「詠美っていくつになったのお？」

「四十四です」

「えー!?　じゃ、彼は？」

近くにいた島田雅彦を目で追いながら、またお尋ねになる。

「えーと、私より二つ下だから四十二」

「えー!?　じゃあ、彼は？」

島田くんと話している花村萬月さんのことだ。

「確か、私より三つか四つ上なので、四十七？　八？」

「えー!?　本当なのー!?　作家ってみんな年取りそこねてるー!!」

……て言うか、髙樹さん、あなたが一番、お若く見えるんですが。しかし、おっしゃる通りだ。作家って、年齢不詳の人が多い。島田雅彦なんて、いまだにやんちゃな青年みたいだし、この間も一緒にごはんを食べた江國香織さんなんて、確か三十代後半の筈《はず》なのに、小粋な女の子といった風情《ふぜい》なのだ。いったい何故《なぜ》？　このことは、私の友人たちにも、しょっちゅう問題視されている。芸能人が若く見えるのは、手がかかっているから当然と彼女たちは言う。問題は、なーんにも手入れされてないあんたが、どうして若く見えるかってことなのよ。……手入れされてないって……悪かったね。確かに、私は、大酒飲みのヘビースモーカー、化粧したまま眠りこけて、翌日、マスカラで目がつぶれてるなんてことは日常茶飯事の美容とは無縁の女。でも、かたぎの女友達より、確かに若く見える。何故だろうとは思っていた。しかし、髙樹さんのそのお言葉で腑《ふ》に落ちた。そうか、年を取りそこねていたのか。それって、すごく心憎い言葉だと思う。若く見えることに自負を持っていない感じが漂ってる。すいません、若く見えちゃって、という申し訳なさが出ている。だいたい私は、若作りってやつが嫌いなのだ。と、同時に、年相応ってのもやだね。ただ自分の好きな洋服を選んで、自分の好きなライフスタイル（と言えば格好良いが要するに自堕落《じだらく》）で生きているだけ。自分なんて、どう取り繕《つくろ》ったって、たったこれしきのもの、と開き直っているのである。そのせいで、世の中の分別というものから脱け出してしまっているのだろう。そう、敵は、分別臭さである。少なからぬ作家が、実年齢より若く見えるのは、あらかじめ分別から逃れたところで作品世界を作っているからではないだろうか。つまり、病は気から……じゃなかった若さは気からってことである。だからと言って、長生きする訳でもないのだが。老成させる部分と、老化する部分のポイントが、他の職業の人々とは違っているからかもしれない。公衆道徳を守る不道徳者であるのを自認しているせいかもしれない。そう思うと、作家って不思議な人種。彼らがテーブルを囲むと、こっそり世の中を裏切っている気配が漂っていて愉快だ。というより、そういう雰囲気を持った作家の人でないと、私は親しくなりたいとは思わない。エキセントリックさを前面に押し出していたり、あるいは反対に、人格者然としたたたずまいの作家なんて、解りやすくてつまらない。普通に見える。でも、どうしても、はみ出しちゃった部分が垣間《かいま》見える。そういう作家の隠れた尻っぽみたいのを見つけるのが、私は大好きだ。隠れた尻っぽの分だけ外に押し出されるものがある。エナジェティックな熱を持って放たれるそれを、私は、オーラと呼びたいのだが。

オーラと言えば、その席には、遠くの方からでも、それを感じさせる方がいらっしゃった。筒井康隆氏である。お顔を拝見したことはあっても、まだお話ししたことのなかった私。ちゃっかり目の前に着席して、何か話しかけてみたいぞ、とうずうずしていた。だって、こんな機会、滅多にないもんね。ただのミーハー？　そうかもしれない。でも、かまっちゃいられないと思った私は、慎重に言葉を選んだ(つもり、だった)。

「あのー、筒井さんて、どうして、そんなに貫禄がおありなのですか?」

お答えしてもらえなかった。隣にいらした髙樹さんが、私をたしなめた。

「ちょっと、ちょっと、あなたなんてことを」

「すいません」と、私。

ここは、しゅんとすべきなのか、と思案しかけた時、今度は、彼女が筒井さんに尋ねた。

「でも、筒井さん、顔、大きいですよねえ?」

……髙樹さん、あなたこそ、なんてことを。筒井さんは、笑みを浮かべたまま無言であった。泰然自若? うーむ、小物の私は見習うべきであろう。禁煙を試みる島田雅彦が、何度も私の煙草に手を伸ばしていたけど、広い心で許してあげようと思う。新婚の花村萬月さんの女房自慢にも、素直に耳を傾けようと思う。それにしても、髙樹さんて……いつお会いしても、ほんっと、おかしい。私は、あの方にお会いするたび、殿堂入りした愛すべき死語「おきゃん」という言葉を思い出すのである。いいなあ、おきゃん。お茶目とは似て非なる味がある。私は、ある年齢以上のお茶目さんを忌《い》むものであるが、おきゃんは大好きだ。おきゃんに年齢制限はない。私も今後の目標にしようか。しかし、悲しいことに、私の声質は向いていないのである。

そう、おきゃんの資格のひとつに声というものがある。私のように低くてドスが利いてちゃ駄目なんである。加えて、体型の問題もあるだろう。私のように厚みある上半身を持つ者は、これまたおきゃん道から外れる。やはり髙樹のぶ子姉さんのように華奢《きゃしゃ》でなくてはならない。そして、ファッション。これは、崩しの入ったコンサバであるべきだろう。そう言えば、大分前に髙樹さんと対談した時、彼女は、シックなワンピースをお召しになっていたが、終了後、出口に向かう背中は大きく開いていて、思わず口笛を吹きたくなった（私は男か）。エレベーターまでお送りした男性編集者が、あー、どきどきしたよーと戻って来てはしゃいでいたっけ。これこそ、おきゃん道まっしぐらではないか。私のように、ディーゼルやヒステリックス愛好者には遠い道のりである。エンジニアブーツでどたどた歩いていては、おきゃんどころか、ただの乱暴者である。あ、洋服で思い出したけど、選考会の時、萬月さんに、それ去年とおんなじTシャツじゃん、と言ったら、違うよー、よそいきだもんねーと反論された。よそいき？　彼は、彼なりに気をつかっているのか。袖口、ほつれてたみたいだけど。

ま、いっか、どうせ新妻が繕ってくれるんでしょうからね（私が新妻だったのは、大昔。だから、ひがんでる）。それはともかく、おきゃんの資格をあらかじめ奪われた身の程を知った今、私は、どんな女を目指せば良いのだろうか。ここで女性誌を開くと、例によって、私は、暗ーい気持になるのである。世の中は、自分磨きする女たちであふれ返っている。どうして、皆、こんなにも勤勉になれるのだろう。スキンケアに関する記事なんて、私にとっては、外国語の羅列だ。それとも、ヘチマコロンだけでやり過ごしちゃってる私の方が奇異なのか。お風呂に入っても、あひる浮かべて遊んでるだけの私は、女失格なのか（一応、もらいもののパックなんかを並べておいたら、ボーイフレンドに、いつのまにか使われてしまった）。どうして、女性たちは、あんなにも自分の美に対して貪欲《どんよく》になれるのか。置いてけぼり食った感が押し寄せて来て、しょんぼりしてしまうのである。この間も、飲み屋の前でばったり会った講談社のサトーに、あんたたち浪人生みたいだねーとか言われちゃった。そう、その時の私は男連れ。でも、彼は、浪人生ではない。ただ、私たち、類は類を以て集まっているだけなの。ライク　ライクス　ライクな訳よ。しかし。夏に向けて、私も、いっちょ目覚めてみようではないか（この、いっちょって言葉も好きな死語だ。一丁より可《か》愛《わい》い。私って、ほんと、言葉の小姑《こじゅうと》だ）。手始めに顔を洗って、ひと皮むけて、出直してみよう。あがく私を、どうか誰も問題視しないでちょうだいよっ。

さて、話は変わるが今日は日曜だ。夏日の快晴だというのに、辛気《しんき》臭く机の前にいる私。こうしている間にも、皆、卓球の腕を上げているのではないかと気が気じゃないのである。実は、私たちの間では、今、卓球ブーム。松本大洋の漫画からも、それの映画化からも、はるかに出遅れて、町の卓球場に通っているのは、Konitz（もう説明するのも飽きたけど、ここでいつも登場させているのに、それがまったく効を奏していない暇なバー）の店主と奥さん、そして常連客数名。ＫＰＣ（Konitz Pingpong Club）と勝手に名付けさせてもらおう。何と言うか、とうが立った町の青年団みたいなグループなのだが、皆、遅れて参加した私より数段上手だ。私は、実は、中学時代、素振りだけやってクビになった卓球部員だった。だからフォームだけは、さまになっている筈。後は、ラケットに球を当てるだけ。そう思って練習していると、だんだんむきになる。皆で、打ち合いを楽しもうという時、元卓球部員は嫌がられる。続かせようという気がなく、すぐに打ち込んだりして得意になるからである。私たちグループの場合、店主がそう。やはり、中学の時、卓球部員だったという彼は、相手がいなくても、ひとりで素振りの練習なんかしてる。私たちの視線に気付くと、ばつ悪いのをごまかして、さりげなくマイラケットのラバーの具合なんかをチェックしている。おまけに講釈も多い。練習が終った後、皆で、お疲れさん会をかねて町の居酒屋さんに行くのだが、それから一晩じゅう、私にアドバイスをしようとする。きーっ、どうして、酒飲みながら素振りやらされなきゃならない訳!?（でも、やってる）やがて、試合に出ようとだいそれたことを目論《もくろ》んでいるのだが、どうなることやら。幻冬舎の石原も参加を希望しているのだが、あいつも元卓球部。しかも、キャプテン。またもやゲームを続ける気のない奴がひとり。先が思いやられることである。でも、こういう集まりって、何故だろう、大人になってから、ようやく楽しめるようになった気がする。中学、高校の頃、部活なんて大嫌いだったのに。色んなとこに入部したけど、根気がなくて、すぐに帰宅部に逆戻りしていた私。遅れて来た青春？　ところで青春の定義とは何ぞや、と思いついた私は辞書をすぐさま引いてみる。私の愛する新明解国語辞典によると。

［夢・野心に満ち、疲れを知らぬ］若い時代。

を、そう呼ぶそうな。皆、夢も野心もなさそうだけどなあ。疲れは知ってるけど、酒飲んで解消していそうだなあ。私自身に関して言えば、若い頃の方が疲れていたような気がする。わざわざ疲れる方向に自分を持って行ってたのかもしれない。若いって、人生をシンプルに考えるってことを知らないからね。もう二度と戻りたくないって感じ。若く見える年寄りの方が、よっぽど楽しいや。よし！　ＫＰＣが試合に出場することになったあかつきには、チームＴシャツを作ろう。ＫＦＣ（ご存じケンタッキーフライドチキンのことね）の看板のロゴを拝借するなんてどうだろう。負けた人は、罰ゲームとして、そのＴシャツを着て、皆のためにフライドチキンを買いに行く。私のためには、ツイスターを忘れないでくれたまえ……って、こんなこと言って、なんか私がそれやる破目になりそうだから、このくらいで止めておこうっと。

　ところで今、もうじき終わりそうなこの原稿を前に、さて、何を食べようかと考えている。合間に嵐山光三郎さんの『頬っぺた落とし　う、うまい！』（ちくま文庫）なんか読み返してしまったからだ。この本って食べる前から、ほっぺが落ちそう。食べたいものがころころ変わる。そういや落ちたほっぺってのもおいしそうだ。ポン

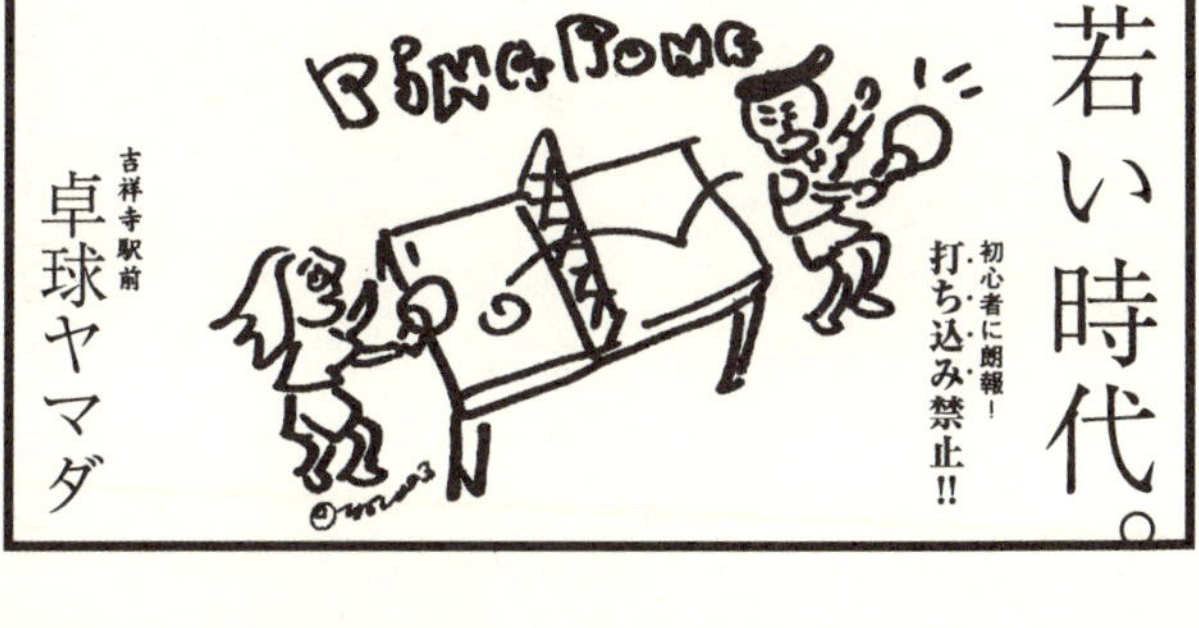

ちゃんにとって問題視すべきは、can not stay out of my ridiculous fun かも。あ、ピンポン玉って、ちょっぴりおきゃんじゃない？

黄色い長靴魂

おとうとの命日に墓参りをするため、実家に里帰りして来た。両親、妹、姪たちと総勢八名が何やら遠足気分でワゴン車に乗り込んで墓地へと向かう。私のお役目は、煙草に火を点《つ》けて供えること。晩年、大好きな煙草を止められていたおとうとに、山田家唯一の喫煙者である私が出来る、たったひとつのことである。彼の娘たちが、墓石を綺麗《きれい》に洗い、花屋で働く妹が自分でアレンジした花を活け、皆が順番に線香を供えて手を合わせて何事かを心の中で呟《つぶや》いて、彼の気配に語り掛けて、おしまい。

すべて終わると、家族全員で墓地の中を散歩する。私は、昔から何故《なぜ》か墓地が好きである（ただし、昼間限定）。昔、墓地に通う少女を主人公にして短編小説を書いたことがあったが、その子は、そのまま小さな頃の私自身である。それにしても、今のお墓って、昔と全然違う。墓碑銘に凝《こ》ってる。アメイジング・グレイスの歌詞をそのまま彫ったアメリカのお墓そのもののようなものもあれば、故人が飛行機乗りだったのか、墓石の上に零戦《ゼロ》が飛んでいるものもある。原稿用紙に書かれた手書きの文章が墓石にコピーしてあるので読んでみると、某新聞の名物コラム。うーむ、これを書いていた方は、ここでお休みになっていたのか、と腕組みをして、しばし見入る私。私の下手な字で書かれた生原稿なんか、こういうところに貼り出されたりしたら目も当てられないなあ、などと思う。

英語の墓碑銘も多い。かく言う我が家も、名字の違うおとうとのために、山田の名前を入れずに英語のフレーズが。なんと、“LOVE & PEACE”と刻まれている。父が、あれこれ迷った末に面倒臭くなって、私の本のサインの横に書かれたこの言葉を使ってしまったという訳。ジミヘンのお墓みたいじゃーん、とげらげら笑っていた私たち姉妹だが、父と母にその意味が解るとは思えない。もっとも、もっと意味解んないぞ、と呆《あき》れているのは、当のおとうと本人だろう。ぼくの趣味と違いますようと不本意に感じているかもしれない。他にも、“LOVE FOREVER”とか“Rest in Peace”なんてのも見た。愛と平和は、死んでから初めてものに出来るものなの？　皆が一斉にざわめいたものの中に、“Dreams come true”ってのもあった。……夢かなったり？　うーむ、死に対するイメージは、なんと人によって異なるものであるか。興味深いことである。「ありがとう」とか「安らかに」などは、わりとひんぱんに目にする。しかし「おかげさまで」ってのには、驚愕《きょうがく》した。うひょー、やるなあって感じ。そのお墓の周囲だけ、明るい雰囲気に満ちているのである。その反対に、やるせなさが漂うのは、たぶん小さなお子さんを亡くしたのだろう、子供のおもちゃが沢山《たくさん》並べられたお墓である。珍しいお墓につい歓声を上げてしまう姪たちにも、そのせつない感じが伝わるのだろう。困惑したかのように、しばし、立ち止まってしまうのである。思うに、墓地で感受性やら想像力を強く刺激されてしまうのは、大人よりも子供の方であろう。大人は、死の概念を自分なりに持っていて、それは多くの場合、ステレオタイプなものである。霊魂は残ると思う人々と、死んだら無と思う人々の二つの種類が大半を占め、残りの少数派が、自分はオリジナルと自負する（本当はたいして個性的なアイデアじゃなかったりするのだが）概念を心の中で組み立てようとする。

ところが、子供にとって、死とは、もっと不意打ちの不思議ワールドなのである。この場合、自分の死は念頭に置かれていないことがほとんどなので、死、というより死者と呼ぶべきかもしれない。自分を取り巻く、数え切れない目に映らない死者の存在は、恐怖でありながら、エキゾティックである。その昔、夕暮れの墓地に通い続けて、相容《あいい》れない学校生活からの解放を感じて恍惚《こうこつ》を味わっていた子供。それは、私だ。やがて現実を見据《みす》えることを学んで、いつのまにかその不思議ワールドは消えてしまったのだが、今でもあの頃を思い出すたびに感じる。墓地とは、ある意味清潔な場所であると。そして、子供は清潔なものが好きなのだ(物理的にってこととは違うよ)。それに比べて大人って奴は。牛丼食べたいなあと呟く妹の目線の先には吉野家之墓があったり、あの弟の方って事件起したよねという先には中川家之墓があり……なんと不謹慎な!! しかし、人は誰でも死ぬのだという事実に突き当たったことのある者は、墓地で苦い笑いを共有するのである(って、牛丼屋のどこが苦いんじゃと言われそうだけどさ)。

　おとうとの上の娘に、どんなタイプの男の人が好きと尋ねると、決まって、今でも、「天国にいる人!!」と答える。別の答えが返って来るようになる時、この子も大人になるんだろうなあ、と感慨深く思う。その時まで、まわりにいる我々大人は、知恵を駆使して、あたかも彼が別のどこかに存在しているかのごとく振る舞うことに腐心するのかもしれない。それを彼が望んでいたのかどうかを知る由《よし》もなしに。

　ところで今は梅雨の真っただ中。うっとうしいと言われるこの季節だが、私は嫌いじゃない。雨って、私にとっては、ロマンスやそれにまつわるセンチメントを誘発する代物なのである。夜、雨の音を聴きながら、あれこれ思い出したりするのは、ひそかな楽しみである。しかし、それにうつつを抜かしていると、恥しい思い出も蘇って来て、ひとりじたばたするのである。

私が通っていた高校の制服は、セーラー服と背広型の二種類あった。色も黒と紺の二種類。だから、全部で四種類ということになる。紺のセーラー服を着ている子が大多数で、ごく普通に女の子であるのを楽しんでいた。黒のセーラー服の子たちは、男子にもてて目立っている子たち。身の程を知っている子たちは絶対に手を出さない。これ着た子たちって、ほんと、華やかだった。紺の背広型を着てる子たちは、セーラー服のトップの裾《すそ》から素肌が見えちゃうことなんて気にしちゃいられん！　の勉強ひと筋か、目立たないことを信条とする地味な人たち。そして、私が着ていたのは黒の背広型。ひねくれて不貞腐《ふてくさ》れている女子のユニフォームである。当然少数派。子供のくせに、何を格好つけてたんだか、煙草吸って酒飲んでジャズ聴いて、授業さぼって、部室でだらだらしてた。ほんと、さっさと勉強しろって感じ。当然、もてるというところからは、ほど遠いのだが、全員、一応彼氏がいたから不思議だ（もちろん、彼氏になる男子もひねた奴らばっか）。

で、ここで恥しい思い出に行き当たるのだが、私は、制服を着せられても誰かと同じになるのは、まっぴらだと感じていた。黒のテーラードを選んだのもあまり着ている人がいなかったからだ。けれども、やはり制服。私は、ユニークであるためにあれこれ考え、はた、と思いついた。雨の日だ!! その高校では、レインコートや雨具は自由だったのである。早速、私は、母をだまくらかして資金を調達し、ベージュのステンカラーコートを購入した。それだけならただのアイヴィである。しかし。私は、まっ黄色のふくらはぎまであるゴムの長靴まで手に入れてしまったのである。雨の日、私は、黒の制服のスーツにそのコートを羽織り、黄色の長靴を履き、同じく黄色の傘をさして登校した。気分としては「グリニッチ・ビレッジの青春」だったのだが、そこは、ど田舎の高校。しかもその日は、学年全体で何とか会館とやらで行なわれるオーケストラの演奏会に行く日だった。ぞろぞろと会場に向かう生徒たちの中で、私は、完全に浮いていた。浮き過ぎていて、誰も何も言えないみたいだった。おまけに、演奏会が終わり外に出たら、雨は上がり、完璧に晴れていた。私の長靴は、クラスの子たちのランドマークになった。山田のゴム長んとこに何時集合! とか言われちゃってさ。その時、私は学んだの。目立つってことと浮いてるってことは全然違うんだって。仲良しだった男の先生が通りすがりに、いかすよー! と言ってげらげら笑った。いつも悪態つき合っていた男子が、私に突進して来て急停止した。

「何だよっ!!」と、私。

「黄色は止まれだろー」と、彼。

横で一緒に笑っていたのは、私のつき合っていた男の子だ。彼は言った。

「どうせなら、コートも黄色にすれば良かったのになー。ほら、カステル・バジャックとかのさー」

は……こういう奴だから、私とつき合ってくれていたのね。もてるということが、不特定多数の人々に好感を与えることだとすると、私は、ほど遠い位置にいた訳である。今もそう。でも、たったひとりが好きになってくれりゃ、それでいいのさ。失敗しては、開き直る。それが、私のお洒落人生。

ここのところ、私が凝っているのは、昔のヨーロッパ映画に出て来る労働者のおかみさんみたいなスタイル。ちょっとださくてしどけない感じ。しかし。これも、私がイメージしているのと他人の目に映る印象は違うみたい。それ、わざと？　なんて聞かれちゃう。意図してるのは、昔のソフィア・ローレンとか、「髪結いの亭主」ルック、もしくは、「美しき諍い女《いさかいめ》」モードなのだが。やはり、ヨーロピアンは私には似合わないのか。同じヨーロピアンでも、ブランド系は到底無理、っていうか何の興味もない私。やっぱり、ファンキーに行くべきだよねっ、と宗旨替えした私は、この間の朗読会で、黒のスーツにボウタイとサスペンダー、髪はコーンロウに編んで、ボビー・ハンフリー（アフリカ系女性ジャズフルート奏者）を気取ってみました。

そう、この間の七夕の夜、私と奥泉光とベース奏者の吉野弘志さんは、またもや西荻窪のKonitzで、ジャズと小説のライヴを行ったのだ。いつも、私と店主で、客来ないねーとぼやいている、暇なのがとりえのKonitzだが、その日は立ち見も出る盛況ぶり。店の階段に貼り紙をして告知しただけなのに、予約の電話を早々に締め切ったくらいの人気で嬉しかった。

私のコーンロウは、昔のSOUL II SOULのジャジィ・B（だったっけか、あの親分です）スタイル。頭のてっぺんで結んだ束を細かく編んだもの。ビーズがなかったので実は、先をアルミホイルで止めたのだが、これは、ジャマイカの女の子たちがよくやる手である。耳には九個もループのイヤリング付けて、ボウタイ結んだ二人組、私と奥泉がやったのは、まったく別々の小説をベースに合わせて読むという、言葉をビートとしてとらえたコラボレーションね。ラップのかけ合いみたいで、なかなかおもしろかったと思う。それに、こういうシスター系のスタイルって、やはり、私には落ち着く。一番長いことして来たファッションですものね。黒のスーツったって、もちろん、はずしてるよ。裾はうんと短くて足首見えてるし、ローライズだし、ボウタイに、パトリック・コックスのアクセサリー重ねてるし。あーん、イベントのお洒落は楽しい。

その昔、夜遊びだけを生きがいに日々を過ごしていた頃、週末の夜は、何を着て行くかを命がけで決めていた。とは言っても、貧乏だった（というより浪費癖のためいつもお金のなかった）私と女友達たちは、渋谷のチャコット（バレリーナやダンサー御用達の専門店）に通ったものだ。もちろん、バレリーナの衣装を買うためではない。店の片隅には、それらを仕立てた後に残ったチュールやらスパンコールを縫い付けた端切《はぎ》れなどが格安で売られていたのだ。そして、売れ残ったサテンを張ったハイヒールのダンスシューズ。それらを調達して、切ったり貼ったり縫ったりして夜のドレスを作っていたのです。気分は、「プリティ・イン・ピンク」のモリー・リングウォルドだ!!　スパンコールのテープをいくつも縫い合わせて、チューブトップを作ったり、地味な黒のワンピースをチュールで覆って、イヴニング風に仕立てたり。ちょっとぐらい乱暴な縫い目だって、ムゲンやエンバシ

Shosetsu Shincho Presents

Silky Soul
all-nighter

Hear your favourite classic 70s, 80s sounds...

at MUGEN AKISHIMA

FRI. AUGUST 1　11pm-8am

Top DJs　*DJ KAME + special guest AMYs PARTY

Admission: ¥860

イ（当時通いつめてたクラブ）の暗い照明の下じゃ解りゃしない。しかし、男の子にピックアップされて、外に出たりするとばれるので、飲み物だけおごらせて、まいて逃げて来ちゃったり。夏なんか、夜明けが早いから大変だった。パーティで消費された安物のドレスほど悲しいものはないから、気に入った男の子の電話番号だけもらって、急いで帰宅。後は、女同士で、脱ぎ捨てた元、端切れを横目で見ながら飲み直すという、ああ、涙ぐましいシンデレラやってた訳だ。

そして、今。年は食っちゃったけど、私の本質って、あの頃とぜーんぜん変わってないんじゃないかなあ、と溜息をついている。黄色い長靴履いていきがってたあの頃と同じような価値観で、生きている。私の中には、ちんぴら魂みたいなのがあって、それが、すごい権力を握っているのである。好きなこととして何が悪い。好きなものの身に付けて何が悪い、というような。けれど、私は、本格のちんぴらではないので、悪いだろーと言われると、しゅんとして小さくなり、また復活の機会をうかがうのである。三つ子の黄色い長靴魂百まで!?

この間、「ヴォーグ」を読んでいたら、ファッション業界では、またもや厚底潜行中、とかいう記事が出ていた。本当なのか!? そういや、ウェッジヒールの爪先が微妙に厚い靴が、この夏、いくつも出ているが……。適度な厚底は、歩きやすくて大歓迎なのだが、何年か前のあのブロックみたいなのは勘弁して欲しい。あれが似合うのは、ドラグクイーンのお姉さま方だけである。あれとミュールのせいで、日本の若い女の子の歩き方はひどくなったと私は思っているのだが。と、そういう私が新たに購入したのは下駄サンダルである。確か数年前にもはやったと記憶しているが、近頃、流行のサイクルがものすごく早いように思う。でも、デザインが少しずつ違うので、前のものは活用出来ない。ちょっと古いって、すごーく古臭いものね。私は、うんと古いものが好きだ。父や母が二十代の時に着ていたお下がりを譲り受けて、今でも着ている。ツイードのコートは風格を保っているし、Aラインのワンピースは、相変わらずキュートだ。ところが……ところがですよ。私って奴は、どうしても、そこに黄色い長靴に象徴されるものを必要としてしまうの。ポンちゃんにとって、お洒落とは、cannot get rid of the past I love な極めて個人的な悪企《わるだく》み。お洒落をして墓参りに出向いた母が、ワゴン車から降りたら、父の庭いじり用サンダルを履いたままだった……って、これも一種の黄色い長靴？

夏休みのディスカヴァリー

今年の夏は、ほとんどの女の子雑誌で、浴衣《ゆかた》の特集が組まれている。へへ、このブーム到来を早いうちから予想していた私。とっくに、何枚か調達していたのさ。と、いうのも、何年か前に編集者の男の子にプレゼントしてもらったまま、なかなか出番のなかった下駄を履《は》きたくて仕方がなかったのだ。早速《さっそく》、着付けのプロの妹に教えを乞《こ》うことにする。何しろ、七五三どころか成人式にも着物なんか着たことのなかった私。歩いているうちに、ひどい状態になるのは目に見えている。ところが。

「ゆかたー？　あれ、実際着てみると暑いよー。夏着るもんじゃないよー」

などと言う。夏着られないならいつ着れば良いというのだ。秋祭りか。それとも、冬の温泉でか。風呂上がりの寝巻き代わり？　やだやだやだ。やはり、夏の夕暮れ、下駄を鳴らして男の子と商店街を歩いてみたいじゃありませんか。

面倒臭そうに、基本を教えてくれる妹。実際着てみると、なかなか難しい。

「お姉ちゃんなんかだったら、帯、男結びでもいいかもよー」

……やだよ、そんなの。演歌歌手じゃあるまいし。と、思った私はがんばった。で、なんとかさまになるようになったのだが、アンティーク風に黒地に渋い花柄の私の浴衣を見た男友達が尋ねた。

「おまえ、それ着て髪の毛どうすんの？」

「アップにして首筋出すに決まってるさー」

「いや、そのままの方がいい。その真っ黒な長い髪たらしたまま電信柱の陰とかに無言で立ってたら、すげえ不気味で、夏らしい」

……怪談？　貞子？　それとも、死国？　思わず、上手《うま》いこと言うなあ、と膝《ひざ》を打つ私。……って打ってる場合じゃないんだが。でも、私のおかっぱの長い髪って、やはり、相当、貞子感ありの気がする。そう、私が、どうしても着物を好きになれないのは、どうしても、そこに怪談めいたものを見てしまうからなのだ。どんなに華やかな場で、華やかな着物を目にしても、私は、その背後に何やら暗いものを感じてしまう。もっとも、それが、日本の美としての着物の真骨頂なのかもしれないが。陰翳礼讃《いんえいらいさん》ってやつ？　しかし、私は谷崎ではないからな。夏休みの子供のように浴衣を着てみたい。なんて書いてたら余計に怖くなって来た。ただ今、深夜。草木も眠る丑三《うしみ》つ時だ。「かごめかごめ」や「通りゃんせ」なんかが聞こえて来そう。あれらの歌って、ものすごくおっかなくありませんか？　そう、私は、耳を塞《ふさ》いで意味不明の歌を歌い出す妹のゆきほどではないにせよ、怖い話がものすごーく苦手なのだ（それなのに聞きたがる）。

それはともかく。念願かなって、今日の夕方、浴衣を着て、男の子と散歩して、お蕎麦《そば》を食べに行って来ました。髪の毛は、アップも貞子も止《や》めて、お嬢さん風にまとめて後ろに流し、赤い鼻緒の下駄履いて。上等の下駄は、とっても良い音がする。紀州帰りで真っ黒に日に灼《や》けて、手首にはダイバーズウォッチの跡なんか付いちゃってるけど、ううん、気にしない。ヤッホー、ディスカバー・ジャパン（死語だが、ようやく訪れたマイブーム……と、これも死語か）。

慣れない下駄で転んだりしないように手をつないでくれる男の子。着物を着ると男子が親切にしてくれるって本当だったんだーとご満悦の私……だったのだが。

お蕎麦屋さんで、大きなグラスに冷たいお茶を頼んだそいつ、もとい、その殿方は、私の方に手を伸ばそうとした。そして、その瞬間、派手にそのグラスを引っくり返したのである。あっという間に私の浴衣は水浸しになり、しかも、どんなふうにこぼしたら、こう上手く行くのかと言いたいほど完璧《かんぺき》に、グラスにいくつも入っていた氷が、ぜーんぶ、私の袂《たもと》の中に移動しちゃった。私は、憮然《ぶぜん》として腕を上げた。カクテルを作る時のような良い音がする。しかし、私の袂は、シェイカーじゃなーい!! 「ごめん、ごめん、なんか、そのじゅん菜、エイミーに全部食べられそうだと思ってあせっちゃって」

と、言い訳しながら吹き出すではないか。きーっ、私が、その後、「飲み」に突入したのも無理はなかろう。こうして、私の日本情緒の夕べは、ただの蕎麦屋で一杯のひとときに転落したのである。やはり、慣れないことはするもんじゃない……なのか？　いいえ、負けるものですか。まだまだ夏は終わりそうにもないのである。

ところで、私は、新宮《しんぐう》から紀伊勝浦へと旅行して来たばかりである。毎年、この時期には、熊野で亡くなった中上健次さん関連のシンポジウムが開かれるのであるが、私が、そこに参加する訳ではない。そこに参加する人々が、その前に勝浦の海で遊ぶというので便乗させてもらったのである。和歌山県に足を踏み入れる機会なんて、こういうことでもない限り滅多《めった》にないし、ほれ、今の私は、ディスカバー・ジャパン・モードだから。

などと気軽に姪《めい》のかなを連れて、旅の道連れに御一緒させてもらったのだが、これが、意外にワイルドな旅だったのですね。事前に、シュノーケリング用具一式は必携のことと、同行する奥泉光夫妻に聞いていたので、いつものようなビーチリゾートとは思わなかったが、とても、素人に太刀《たち》打ち出来るような海ではなかったのである。私とかなは岩場の間の溜まり水の中で、うみうしいじって遊ぶので精一杯。五歳の奥泉の息子（浅草キッドの水道橋博士に似てる）よりも役に立たない二人組なのであった。

それに引き替え、他の人たちのもぐりの上手なこと！　奥泉の奥さんのシゲコさんなんか海女さんみたいだった。かなは、いとうせいこうくんが泳いでいるのを見て、いるかみたいだあ、と感動している。

「エイミー、もぐるの上手な人っていいよねー」

「うん、食糧も確保出来るし役に立つ」

「サーファーなんかじゃ駄目だねえ」

そうだ、そうだ、サーファーなんかちっとも役に立たん、と同意していたのは、これまた素もぐり名人の文芸評論家、渡部直己さんだ。まったく仰《おお》せの通り。仰せの通りなのだが、素もぐりな男と波のりな男のどちらの後を付いて行ってしまうかというと、やはり、波のりな……いかん、散々面倒見てもらっておいて……そうだ、私の理想は、素もぐりに長《た》けたサーファーってことにしよう。

高校の頃、短期間とは言え山岳部に籍を置いていた私には、山の良さも解らないでもないが、山と海のどちらが好きかと訊《き》かれれば、断然、海の方だ。海はいいなあ。海辺にいると、何か自分が情感の塊になったような気がして来る。それまで静かにしていた五感が一斉に起き上がって来て、過去の記憶やら未来への予感をこらしめたりおだてたりするのが解る。既に物書きの私なのに、もっと物書きたらしめるものが海にはあるように思う。だからと言って、私は、リンドバーグ夫人にはなれる筈《はず》もなく、ちゃちな恋に落ちたりするだけなのであるが。

何より潮風ってのがいいね。うっとりする。そして、陽《ひ》ざし。これが、皮膚の色を変えて行く実感を、私は永遠に愛したいと思う。日に灼けずに白く残る足首に巻かれた紐《ひも》の跡を確認するのは、海辺で過ごした私のひそやかな楽しみだ。美白？　知らんね、そんなもん（それにしても、美白ってすごい言葉だ。アメリカだったら即座に放送禁止だろう）。

海で遊び尽くして、ひなびた温泉につかり、夜は、渡部団長の部屋で飲んだくれた数日間。あー楽しかった。かなも、中学最後の夏休みに良い思い出が出来たみたいだ。私たちがお酒を飲んでいる横で、ずっと聞き耳を立てていた彼女。渡部さんていいよねー、とか、いとうさんて素敵だよねー、とか、奥泉さんみたいなお父さんいたら最高だねー、なんて感心することしきり。ある朝、私が溜息《ためいき》をついていたら、言われた。「エイミー、溜息ついたら幸せが逃げて行っちゃうんだよ。渡部さんを見なさい。一個も溜息なんかつかないから、あんなに元気で前向きなんだよ」

そうかなあ。人が見ないところで、ついてるような気もするけどなあ。大人は、幸せを逃がしながら生きて行くものなんだよ。もちろん、逃がした分、供給する知恵もついて来る訳だけど。

最終日、ひと足早く新宮に戻る人々を見送った後、勝浦の花火大会に行って来た。そして、アスファルトの道に開いた穴にはまって、盛大に転んだ私。今でも、両方の膝にかさぶたが付いたままだ。私って、夏は、いつも子供みたいに膝小僧をすりむいた状態でいる。まあ、あの頃の夏休みを常に引き寄せているのだと良いように解釈しよう。決して年寄りの冷麦（Ⓒかな）ではない、と勘違いすることにしよう。

夏休みという言葉には、何となくセンティメンタルなイメージがつきまとう。それは、とてもステレオタイプなものだけど、それ故にいとおしい。バカンスとかヴァケーションとも違う日本の夏休み。まだかなが小さかった頃、夏休みのあり余る時間をTVゲームでつぶしていた年下の従妹《いとこ》たちに向かって、子供は蟬《せみ》取りとかしなきゃ駄目じゃんと説教していて笑えた。そーだ、そーだ、蟬取って来い、と横から口出しした私だが、蟬取って来てどうすりゃ良いのか。すぐ死んじゃうのに。

この間、バルコニーで男友達と蟬の鳴くのを聞きながら、しみじみとした気分で話していた。彼が言った。

「あんなに鳴いてるよお。数日で死んじゃうのになあ。土の中にいたら楽だったのになあ。外に出て来たのが、よっぽど悲しいんだなあ」

「えーっ？　七年間も土の中にいて、やっと、出て来られたから嬉《うれ》しくて仕方なくて鳴いてんじゃゃないの？」と、私。

「違うよ。あれは、土の中に帰りたいよーって泣いてるんだよ」

この見解の相違。これって、私と彼の人生観の違いを表わしているような気がする。と、いうより、さしせまった死に対する感じ方の違い、というか。二人のずれは、そこはかとなくやるせない気分を呼びさまし、何故《なぜ》か、私は、今まで以上に彼を好ましく感じる。この感じ、このずれた瞬間を言語化してみたい、と物書きである私は、つくづく思うのである。すると、創作意欲というものが胸をかすめる。これも、夏休みの効用か。

勝浦から車でしばらく行った海辺で、ワゴン車から降りようとすると、誰かが言った。

「あ、来た来た、中上さん」

どういうことなのかと尋ねると、ワゴン車に、ひらひらと舞いながら近寄って来る揚《あ》げ羽蝶《はちょう》を指して教えてくれた。

「あの蝶々、毎年、おれたちが来ると飛んで来るんだよ。だから中上さんなんだよ、たぶん」

そうなのか。不思議なことに、その後も炎天下の海岸だというのに、たった一匹の蝶が、たびたび私たちの許にやって来る。かなまで慣れっこになってしまい、その蝶を中上さんと呼んでいる。海に来る前に新宮で彼の墓参りをしたのだが、その時から一緒だったのだろうか。おとうとの墓参りをした時、小さなアマガエルが、ちょこんと墓の前に鎮座していたことがあったが、家族全員、当り前のように、そのカエルを「おにい」（おとうとの呼び名）と呼んでいた。亡くなった人が、何か違う生き物に姿を変えて会いに来るという発想は、残された人たちの知恵である。死にユーモラスな味つけが出来るということは、人々の気を楽にする。お盆の時期に鳴いているあんなに沢山の蟬たちは、いったい、どんな人たちの生まれ変わりなんだろう。そう思うと、小さな生き物たちすべてに愛着が芽ばえ……と言いたいところだが、私は、そんなに慈悲深い人間ではないのである。この間、家のバルコニーで、綺麗《きれい》に骨だけになったヤモリらしき物体を見つけてしまった。恐竜のミニチュアみたいだった。それは、私の家に入ろうとしてそのまま息絶えたような格好になっていた。以来、恐ろしくて、窓を開けることが出来ない。いやだーっ!! ヤモリの化石のある家なんてーっ!! ついでに言えば、中上さんには悪いけど、私は、蝶々が大の苦手なんだよーっ!! 後生ですから、私からは距離を置いて下さい……って、これって、あの方の生前にも心の中で呟《つぶや》いていたような気が……。

　蝶の中上さんを目で追いながら、かなが尋ねる。彼女も、彼のお墓の前で手を合わせて来たばかりだ。

「ねえ、エイミー、中上さんて、そんなに良い人だったの？」

「そういう訳ではない」

「優しい人だったの？」

「そうとは言えない」

甲州街道

昭島怪談

主演・山田詠美

©2003T.J.D.

日本映画界にホラーブームを巻き起こしたヒット作。

平成十五年九月
全国一斉ロードショー

「皆に慕われていたの？」

「どっちかって言うと恐《こわ》がられてた」

「じゃ、じゃ、どうして、皆、中上さん中上さんて懐しそうに話すの？　中上さんの何がそうさせるの？　皆、中上さんのどこが好きだったの？」

「才能」

才能かあ……。感心したように頷《うなず》くかな。世の中には、感じが良いとか優しいとか人当りが良いとかという理由とまったく別のところで、亡くなっても他者を引きつけて止まない、という人が存在するのを、彼女が知るのはいつだろう。それを知らないまま生きて行く鈍感な大人にだけはなって欲しくないなあ、と伯母兼親友の私としては思うのである。誰からも批判されない聖人君子なんて退屈だ。よって、私が、飲み屋の片隅を宿屋代わりにして眠りこけていても、決して、これを非難してはならない。

近頃、ますます私のマブダチ化しているかなである。勝浦の花火大会の翌日、私は、彼女を送りがてら、実家に帰ったのだが、宇都宮までのその長い道のりと言ったら!!もー、海外旅行が出来ちゃうよ。けれども、その長い道中、二人で交わす会話の楽しいこと。彼女が今回の海辺のメンバーのひとりの男の子に関して言った。

「癒《いや》し系だよねー。あの人見てると心から癒されるよ。あーでも、うちこの年で癒されてどうするんだ、青い春もまだだってのに」

……青春のことか？　夏休みとセットの言葉。ポンちゃんにとって夏休みとは、used to discover something sweet and sour for growing up. 二人で、ほんとに目を見張って、紀州名物めはり寿し食べたよ。馬鹿？

ストップ！ インザネームオブ何？

　昨夜、我家の食事会にたまたま来た女友達が、初対面の男子にお持ち帰りされたまま、消息を絶っている。なんてブラボーなことだろう。そして私は残り物のラザニアをたいらげて、バルコニーに置かれたデッキチェアで文庫本片手にだらけている。なんて終わっちゃってる奴《やつ》なんだろう。近頃の私って、ほんと隠居してるばあさんみたい。元々、何もしない一日を愛している私だが、こうも枯れているのは良くないのではないか、地味なのにも程があるのではないか、と思い始めている。しかし、私は、実は、とっても出不精な人間。空をながめているだけで、一日を終えるなんてお手のものなのだ。だから、雑誌を読んだりすると啞然《あぜん》とする。なんで、そんなに皆、人と出会いたいんだろう。合コンとか出会い系サイトなんか、まったく理解出来ない。ハプニング以外の出会いに、おもしろさなんてあるのだろうか。こんなふうに思っている私だから、女友達に、もったいなーい!! と言われちゃうこともしばしば。たとえば、たまたま知り合ったちょっと有名な人から電話があり、こう誘われる。これから俳優の○○とめし食うんだけど一緒に行かない？　そういう瞬間、私は、面倒臭いなーとか思ってしまうのだ。私にとっては、「たまたま」出会って意気投合したちょっと有名な人は会いたい人なのだが、親しくなることを前提とした超有名な俳優は、別に会いたくない人なのだ。で、言う。あー、ごめん、これから大切な人とごはん食べる予定。本当は、そんな予定などないのだが、嘘《うそ》をつくのも嫌なので、しょっちゅう会ってる女友達に連絡を取り、食事をすることにする。で、その女友達に会った時に、あんたのこと大切な人って言っちゃったよーなどと頭を掻《か》き掻き打ち明けると、彼女は呆《あき》れる。何考えてんだよー、私だったら何を差し置いても俳優選ぶよー、とか何とか。そう言えば、某大作家に食事に誘われた時も、ティールームに大切な男性を待たせてますとか言い訳して逃げたんだよなー。ティールームに行くと、ポン助、めし何食う？　とすきっ腹を抱えた幻冬舎の石原が。こいつのために日本文学の神髄に触れる機会を逃したんだよな、私、などと思いながら、まじまじと彼の顔を見る。大作家との料亭での食事より、こいつとの居酒屋での飲みの方が大切なのか？　自問する。そう、大切なのである。私にとって、愛すべき出会いはハプニングであり、好ましい親睦《しんぼく》は、その果てにある。たまに、有名人と会う機会があって羨《うらや》ましいなんて言われるけど、有名だから会いたいなんて思う人は、私にはひとりもいない。ただし、有名人のゴシップは大好き。だから、今日も、デッキチェアで日向《ひなた》ぼっこ(ビキニ着てるけど)しながら、夫から送ってもらったタブロイド紙に目を通す。アメリカの友人が、こういうのって、どんな馬鹿《ばか》が読むのかと思ってたら、エイミーみたいな奴が読むんだなあ、と呆れていたけど、ううん、気にしない。「小説はゴシップが楽しい」ですよね、青山南さん。……って、この場合、小説は何の関係もないのだが。近頃、文学とか小説を色々な言い訳に使っている私。反省しよう。

文学!! このとっつきにくい言葉よ。世の中の大半の人は、一生のうち、この言葉を五回以上口にしないのではないか。本とか小説ならともかく、文学。出版業界以外の私の知り合いで、この言葉を日常用語にしている人は稀《まれ》である。もう駄目ですよう、文学書は売れませーん、などと愚痴っているそこの編集者諸君、諦《あきら》めるのは早計である。もっと、前向きになろうじゃないか。文学おもしろがり人口を増やして行きたくはないか。手っ取り早いのは、世間の顰蹙《ひんしゅく》を買う作家を増殖させることだが、すっかり隠居ばあさんになっちゃった私は、そこからは勝手に引退する。ロッキン チェアディテクティヴならぬデッキチェア ノヴェリストの私なりのやり方で、文学をおもしろがってみよう。

手始めに、これまで名字で呼ばれていた大作家たちを下の名前で呼んでみる。いかなることとか。作家の呼ばれ方には三種ある。

一、名字で呼ばれる人。

二、下の名前で呼ばれる人。

三、フルネームで呼ばれる人。

私が、問題にしたいのは（一）である。たとえば、川端、三島、太宰など。この間、飲み屋で、女友達とこれやり始めて止まらなくなっちゃった。

「治ってさあ、うちの近所の川に女の人と落っこって死んじゃったんだよね」

「せつないよねー。私も、さくらんぼ食べるたびに治のこと思い出しちゃってさあ」

「富士には月見草がよく似合う、by治」

と言ったかと思えば。

「最近太って来ちゃってさあ」

「ジム行きなよー、由紀夫だって行ってたじゃん。あ、ライター持ってる？　ちょっと火貸して」

「その火を飛び越えて来い！　by由紀夫」

どうやってライターの火を飛び越えるのかは解らないが、かと思えば。

「この間、和歌山行って来たんだけどさ、ケンジ文学は、あの土地だからこそって感じしたんだよね」

「え？　ケンジって岩手じゃなかったっけか」

「それは宮澤賢治!!　私が言ってんのは中上健次なの!!」

という間違いも起きる。往々にして、（一）に、（二）と（三）を混ぜてしまった時にこの過《あやま》ちを犯すようである。あ、そしりをまぬがれるために最初に謝っときます。そうです。ある意味、とっても不謹慎な遊びです。お怒りごもっとも。ごめんなさい。私のことも、山田でも詠美でも、どうぞ御勝手にお呼び下さい。でも、山田と呼ばれて、風太郎先生と混同されたら本望です。だって、夕めしと酒→ちょっと寝る→仕事→朝の寝酒→本格的に寝る、という風太郎先生のライフスタイルも真似っ子しているわたくしですもの。山田風太郎家の特別メニュー、チーズの肉とろだって、我家の定番さ。これは、チーズを牛肉で巻いてフライにしたものだが、うちでは、ときたま、そこにバジルの葉っぱも巻き込む。この場合、チーズはモッツァレラにすると良かろう。そして、ウスターソースより、トマトソースが相性良し。

と、反省の色がなかなか見えないのだが、御勘弁下さい。話は戻るが、（二）の作家たちには、漱石、鷗外、安吾などがいる。こちらを名字で呼んでみると、おかしいというより、意味不明になりがちだ。たとえば。

「森さんて、昔、お医者さんだったんだよ。でも、外国に住んでた時、原地の玄人さんと同棲《どうせい》してたんだよ。隅に置けないね」

「ええっ!! あの森詠さんが!?」

「……鷗外だよ……」

などということになりかねない。こういう混同した会話を続けて行くと、次第に相手を出し抜いてやろうという意欲が芽ばえて来る。ほとんど、なぞなぞである。

「トンも痛かったよね。お兄ちゃん、女の人と心中しちゃったし」

「トン……？」

「わー、知らないんだ。里見弴でした。お兄ちゃんは、有島武郎だよーん」

ここまで来ると、ただの自己満足になる。で、大文豪の死にざまクイズに方向転換する。

「猟銃自殺」

「ヘミングウェイ!!」

「よし!! 若山牧水は何故《なぜ》死んだ？」

「アルコール依存症」

「まあよし！　じゃトルストイはどこで死んだ」

「えー？　知らないよ、そんなの」

「次から選んでよし。一、校長室、二、駅長室、三、更衣室、四、婦長室、五、東京都知事執務室」

「……え、え、駅長室？」

「おめでとう！　正解!!」

二人、がっちりと握手。カウンターの中から、店主が鼻白んだように私たちを見ていたようだけど、ううん、気のせいね。こんなことして遊んでる私たちって、やっぱり不謹慎な大馬鹿者？　でも、こうやって、文学を身近に感じようとしているの。ちなみに、石原慎太郎さんの仕事部屋を正式に何と呼ぶのかは解りません。

そう言えば、唐突に思い出したが、愛読している雑誌「bmr（ブラックミュージック　リヴュー）」に、渡辺祐さんという人が、「20世紀FUNKY世界遺産」というコラムを連載しているのだが、これが、たまらなくおもしろくて、毎回楽しみだ。ずい分前の回になるが、ジャズ好きは何故か名字好き、ソウル好きは何故か名前好き、というようなことを書いていて、思わず膝《ひざ》を打ったものである。コルトレーン、ミンガス、モンク……あ、本当だ。誰も、ジョンとかチャーリーとかセロニアスとか呼ばないもんな。そして、ソウル好きは……マーヴィン、クウィンシー、オーティス……うおー、これも本当だ。誰も、ゲイとかジョーンズとかレディングとか呼ばないよね。もちろん、どこにも例外はあって、ジャズ系フルネームの代表はローランド・カーク、ソウル系フルネームの代表はレイ・チャールズと続くのだが、この人の着眼点て、いつも、すっごくおもしろい。何ヵ月か前に書いたカーツさとう同様、注目しているのである。二人共、どうやら私と同い年ぐらいらしいのだが、この種のおもしろがり感覚って、同世代に共通するものなのだろうか。この人の書くものって、なーんかおもしろいよなーと思ってプロフィールを見ると、ほとんど同い年だったりする（みうらじゅんとか）。それとも人間的な共通項がそうさせるのか。真面目なくせに、物事を茶化すことが好きで、前向きなくせに、自分に突っ込みを入れずにはいられない。そして、何よりも雑学の大家なのだが、その雑学は、ちょっと、とほほ感あり。そして、なんだかいつも照れてる。みうらじゅんの『青春ノイローゼ』読んだ時は、マジで親近感持っちゃったものね。あ、でも、十歳年下の女の子もおもしろかったと言っていたから、やはり世代の問題ではなく、共通したパーソナリティ故なのか。と、すると、ツボってやつが同じなのだろう。このツボって代物、友人関係においては重要だよね。私にとっての笑えない冗談を口にする人って、たぶん永久に親しくはなれない。ユーモアの価値観の一致は重要である。それに比べると、趣味や好みの一致なんてなんぼのもんじゃいって感じ。私が親しくなりたいと思う人は、ユーモアと嫌悪の価値観が一致する人。よく、理想のタイプは？という問いに、価値観の合う人と答える人がいるが、この場合、好きなものの価値観を意味していることが、ほとんどだろう。でも、長く続くつき合いは、許しがたいものの価値観を共有した方が上手《うま》く行くように思う。好きなものなんて、違えば違う程、ディスカス出来て愉快だ。ニューヨークのダウンタウンのカフェなどで、ぼんやりしていると、ボヘミアン風のアーティストの男とスーツに身を固めたエグゼクティヴの女が討論したかと思うと愛を囁《ささや》き合ったりする光景に出会う。格好良いな、と思う。服装はミスマッチなのに、共有するユーモアが一緒なのだろう。ある時、目撃したそんな二人は、「プライベート・ライアン」と「シン・レッド・ライン」という二つの映画を比較して、前者を辛辣《しんらつ》に批評していたっけ。同じようなエグゼクティヴ風が、これやっててもちっともおもしろくないんだけどね。あ、ユーモアの価値観の共有なんて言っちゃったけど、作家名で遊ぶくだらない冗談に迎合しないで下さいね。あれは、文学おもしろがり計画のたたき台ってことで（すげー失敗してるような気がして来たんで）。

名前と言えば、この間、別の女友達二人と、六本木の飲み屋で、ある人々の噂《うわさ》話をしていたのだが、人に聞かれちゃ困る内容だったので、その人々の代わりに政治家や俳優の名前を当てはめて話していた。すると、話の内容が、ものすごくシュールに変化したのである。ある男に亀井静香なんてのを当てはめちゃったものだから、私たち三人は、亀井静香ととても親しく、でも、ごはんすっぽかしたりされて頭に来ていて、だいたい前々から信用出来なかった亀井静香とは旅行に行くべきじゃなかったし、これからも亀井静香には気をつけよう、とこういうことになった。どうして、私たちが亀井静香と？　万が一、小耳にはさんだ人が私たちのグループをいったい何の集まりと思ったことだろう。亀井静香も、これから正念場だよね、というもっともらしいフレーズも混じっていたから、信憑性《しんぴょう》も充分。しかし、いったい、何の信憑性なのか。腹抱えて笑いながら、亀井さんの悪口言ってるし。知られた名前を持つってつらいよね。こうやって、私らなんかに遊ばれちゃうし。でも、私も名前使われて、飲み屋のつけ回されたことあるから、おあいこよね（どこがおあいこ……）。それにしても、どうして亀井静香だったんだろう。何故小泉さんではなかったのか。これが、きっと、ユーモアの価値観の一致なのかも。小泉さんじゃ洒落《しゃれ》になんないし、石原さんじゃおっかないし、ムネオじゃ、なんかもの哀しいし。やはり、ここは、亀井勝一郎……じゃなかった亀井静香が、はまり役だろう（勝一郎だったら、文壇論になっていたかな。『我が精神の遍歴』に話を持って行こうとする？　精神の遍歴もたいがいにして欲しいよねーとか？　駄目だ。難解過ぎるし、御本人、とっくに亡くなってるし）。

こんなふうに、デッキチェア　ノヴェリストの私は、やくたいもないことばかり考えたり、口にしたりして笑っている。人の名前って、おもしろくって。時々、うちに来る郵便物の宛名が、「山田泳美様」になっていることがある。うひょー、と思う。なんかこう、すごーく泳ぎが上手そうじゃん。芥川賞、直木賞の副賞の時計の裏には受賞者の名前を彫ってくれるのだが、男でも女でも「君付け」である。私の場合も「山田詠美君」だった。よくよく思い出してみると、私が君付けで呼ばれたのは、この時計の裏側だけではないだろうか。いつも親しい人は呼び捨てか、ちゃん付けだった。その他の人は、さん付け。時計さん、あなたは、私にとっての唯一無二の存在よ。君付けのアイスキャンディが「ガリガリ君」だけのように。近頃、続々と送られて来るガリガリ君グッズ。なんと、コーネリアスのCDには、電気グルーヴの「GARIGARI　KUN」というクールなナンバーが。ここまで格好良く名前を使われる人に、私はなりたい。ポンちゃんにとって、名前とは、let me hit their chuch spot. 私の本名は一葉ではなく双葉。樋口に勝ったさー。

秋の美味備蓄

私の友人は皆インテリアに凝っていて、招待されるたびに、私の生活って雑だよなあ、と反省する。本は山積みになってるし、酒瓶《さかびん》はごろごろ転がってるし、一応お花は飾るのだが、水取り替えるの忘れて枯らしちゃうし。インテリアって苦手だ。部屋をスタイリッシュにまとめようとすると、どうも自分の中の茶化し屋さんの部分が顔を出して来て、おまえ照れないの？　とか囁《ささや》くんだよね。そんなタマじゃねえだろ、とか何とか。そのたびに、はーい、すいませんと、雑誌の山を崩し、いただき物のエルメスのカップをしまい込み、パイレックスでコーヒー飲んじゃう。これもまた自意識過剰ってやつなんだとは思う。きちんとインテリアをコーディネイトしている人たちよりも、はるかにいやらしく屈折したインテリア好きなのかもしれない。だからと言って、女の子にアピールするために、読みかけの外国の雑誌をさり気なく出しっぱなしにしている男友達よりはましだと思うけど。

こんな私にファッションについて語る資格なんかあるのか？　いや、ない。ないのだが、成り行き上、本を出してしまいました。ピーコさんとの対談集『ファッションファッショ』（講談社刊）である。あの方と私は、ファッションに対する意識が正反対。まさに、エルメス対パイレックス、みたいなものなのである。ヨーロピアン対アメリカン、とも言えよう。あんたって、ほんと、あたしと会う時、気をつかって来ないのねえ、と言われ続けて早や二年。ピーコさんの指導の甲斐《かい》もなく、相変わらずレディになりそこねたままである。しかし、今、読み返して思う。私たちは何から何まで好みは真逆《まぎやく》。それなのに、何か核になるものが似てる気がする。それは、他の人の目には見えないのだが、二人には確実な感触を与えて、話を進ませる。ファッション以外の価値観も違うことだらけ。けれど、前回でも書いたように、嫌いなものの認識が共通していると親しくなれるものだ。しみったれた権威とか格式とかさ。品格とお上品の違いの解らない輩《やから》とかさ。倫理と公衆道徳を混同してる良識ある人たちとかね。

悪い本じゃないじゃん、これ。そう思ってパラパラとめくっていたら、居合わせた男友達が、表紙の帯を覗《のぞ》いて、げらげら笑った。

「エイミー、ほっぺ、たこやきー!!」

え？　と思って、まじまじと見ると、ほんとだー、私の顔には、たこやき二つ。アンパンマンみたい。とほほ。でも、いいや、私のファッションのお手本、映画「ポエティック・ジャスティス」で、主演のジャネット・ジャクソンだって、ほっぺにたこやき付けてたもん。

しかし。追い打ちをかけるように、刊行記念で、雑誌「スタイル」誌上にて、TBSの安住《あずみ》アナも交じえてやった座談会の写真には、でぶちんの私が。安住だけ綺麗《きれい》に写ってるわ、きーっ、と口惜《くや》しがっていたピーコさん。もしかしたら、安住くんが加わったことで私たちの年齢があらわになっただけなのでは。安住くんは、ものの大きさを確認させるために置かれたマイルドセブンのような役目を果したのでは。あー、ほんと、もう、このたこやきほっぺ。誰か、青のりふって食べちゃってよー。

けれど、優先されるべきは食欲の秋。食欲を抑えるダイエット食品の広告などを見るたびに思う。食欲のない人生って、つまんなくないか？　おなかのすかない毎日って味気ないんじゃない？　満たされる確信のある飢餓って、とても贅沢《ぜいたく》なんじゃない？……と、まあ、そのうち世界情勢までも味方につけて、自分の大食らいの言い訳にしそうなので、このくらいで止めておこう。

私は、部屋の掃除は大の苦手だが、料理が好きである。インテリアを投げちゃってるのも、この辺に理由がありそうだ。私の台所は、すごくメッシィ（散らかってるの意）だが、私自身にとっては使い勝手が良い。雑誌などで、ものすごくクリーンで何も出しっぱなしにしていない台所の写真などを見ると、なんか、つまんないなーと思う。料理意欲湧《わ》かない。使いかけのオリーブオイルやらスパイスが雑然と置いてあったり、隅っこの籠《かご》に玉子や野菜が放り込んである台所が好きだ。

肌寒くなって来たので、近頃は、スープ類をよく作る。昨夜はカレー。これもスープ仕立てだ。私はカレーが好きだが、外では食べない。自分で作るのが一番好みに合う。ポン式カレーは、レシピなどないも同然の簡単で素朴なもの。玉ねぎ、きのこ、人参、サラダ用ビーンズなど、冷蔵庫で余っている野菜すべてを刻んで大量に鍋に入れる。しょうが、にんにくも、入れる。そして、水をひたひたに注ぎ、火にかけるだけ。骨付きの鶏肉二、三本とベイリーフも投げ込んだら、もうＯＫ。ただし、簡単だが、時間は二時間ほどかかる。途中、Ｓ＆Ｂのカレーパウダーとガラムマサラ、レッドペッパーの粉末をたっぷりと投入して、また煮込む。鶏肉から良い出汁《だし》が出て、肉が骨からすっかり外れる頃になったら塩、胡椒《こしょう》で味を整えて終わり。玄米ごはんと共に盛りつけたら、カルピスバターをひとかけ落として、パルミジャーノ・レッジャーノをたっぷり、おろしかけて、いただきまーす。これがおいしいんだ。野菜の滋味に溢《あふ》れていて。玉ねぎを茶色になるまで炒める必要なんてなし、甘くなっちゃうし。じゃが芋は、ほくほくした食べ物が嫌いなので入れない。ただし、カレーにはじゃが芋がなくちゃという男子が食べに来る場合は、皮を剝《む》いたのを一個丸ごと鍋に入れて置く。皿によそった時に、箸《はし》で、ほっくりと割って、そこにバターを落としてあげると、どんな男でも御機嫌だよ。カレーうどんの薬味に、粉チーズ？という人もいるけど、私は、これがないと駄目。カレーうどんにもかけちゃって、驚かれたこともあるけど、おうちで食べるんだもの、俺節を貫こう。野菜は、シノワで漉《こ》せるくらいに柔かくなっているので、余ってしまったら、ペーストにして冷凍しておこう。カレーコロッケ、カレーパン、サモサなんかに応用出来る……って、私って、大嫌いな「素敵な奥さん」に近付いて行ってる気がする。ピーコさんには内緒にしておこう。私は、貧乏臭いことは大嫌いだが、これは「しまつ」ってことで。

ミネストローネ、ポトフ、シーフードチャウダーに豚汁、テグタンスープ、けんちん汁……大鍋で作るスープって大好きだ。何か気分がほかほかになる。理想は、夕方、終わりそうな原稿を書きながら、時々、鍋をかき回しに行って灰汁《あく》を取り、ふと見ると、男が寝椅子《カウチ》でうたた寝をしているという情景（ほら、起きてると邪魔だから）。美容嫌いの私は、エステになんか行きたいとも思わないが、鍋の蓋《ふた》を開けた時に立ちのぼる湯気は、お肌をつやつやにしてくれるようで嬉《うれ》しい。それにしても、美容フリークでなくては女じゃないとでもいうような近頃の風潮って何なんだろう。私も女性誌で仕事をしているからあんまり言えないんだけど、あんなに化粧品の情報手に入れて、それを使いこなしてる人って本当にいるのだろうか。化粧品で美人になるって、そんなに重要なことなのか。ただお風呂に入ってくつろいでるだけじゃ駄目なんだろうか。私なんかお風呂に入っても本に熱中しているので美容どころじゃないんだが。まあ、こちらがずぼらなだけなのかもしれないが。ある男の人に言われました。おまえって、すぐ面倒臭ーいとか言うくせに、料理作る時はまめだよなーって。そうかも。ま、化粧品に熱中するのも、料理に熱中するのも、人それぞれってことかも。ただし、私は料理は好きだが、グルメではない。こだわりって言葉、インテリア同様照れちゃうんだよね。時には、ファストフードだって素晴しい。私の小説は高級フレンチレストランでは決して生まれないけれど、ハンバーガーショップでは生まれるのである。よって、私がフレッシュネスバーガーでメンチカツバーガーにかじり付いていても、食べ物のことあれこれうるさく書いてるくせに、などと、決してこれを非難してはならない。吉野家で見かけても、玉子をプレゼントしたりしないで下さいね。

それはともかく。私は、料理好きだが料理が上手《うま》い訳ではない。友人の家で、エイミー何か作ってよ、などと言われると困るのである。人んちの台所って、うちに当然あるべきものがなかったりするんだよなー。特に、暇な私と違って、あまり家で料理しない人の家なんかに行くと、うー、何でこれがないんだよーと思うこともしばしば。フライ返しはあっても木べらがなかったり、大きい泡立て器はあっても、ドレッシング用の小さいやつがなかったり。中でも料理を日常にしていない人の家に絶対ないのが、トングである。食材つかむあれね。肉や野菜のグリルには欠かせないものなのだが。だから、私は、友人の家で料理する破目になりそうな場合、マイトングを持参するのである。少人数ならパスタサーバーにもなるし、シーザースサラダをトスするのにも便利。気に食わない奴の鼻もつまめるという優れたキッチングッズである。そして、常備されている筈《はず》の調味料。私の家には、定番として少し変わったものが置いてあって、それで好きな味を作っているので、他の家の台所に行くとあせる。実力発揮出来ないかもーと思ってしまうのだ。我家の定番で、あまり他で見かけないものとしては、沖縄の島とうがらし、石垣島ラー油、リー　アンド　ペリンのウスターソース、黒七味、味覇（ウェイパーと読む。練ってある高級中華スープの素なのだが、これを使うこと自体高級じゃない気もする）、リキンキのXO醤《ジャン》などの中華調味料、あ、花椒もね。オリーブオイルやバルサミコ酢などのイタリアの食材は今はどこの家にも置いてあるので安心だ。ラウデミオでなきゃ嫌ーっなどとは言わない。と、こう書いて来るとコスメマニアの悪口は言えないような気もする。香水瓶のようなのに入った白トリュフオイルをながめる時、私は、ほとんど恍惚《こうこつ》の表情を浮かべていることだろう。甘いもの好きの友人に、ヴァニラアイスの上に切った無花果《いちじく》を載せて、十何年物のバルサミコをたらしたやつを食べさせてみたら……と瓶を見詰める時、私は、確かにフリークと化しているに違いない。コスメマニアと違うのは、これこそ女の楽しみ、などとは、はなから思わないことだ。私だけの楽しみ、なのである。しかも、効用は、親しい人にしかお見せ出来ない。つまり、密室。美容をとうの昔に諦《あきら》めてる私は、おいしいお酒とおいしいごはんと愉快な会話で、殿方を寝室に誘い込むしかあるまい。というより、それにつられる男しか私のところには来ないんだけどさ。なんてこと言ってると、お肌の手入れに余念のないピーコさんに、また叱られちゃいそうだけどさ。それにしても、あの人って、もうじき還暦。……若過ぎる。

そのピーコさんと、今回、東京、大阪の二箇所でサイン会をした。ミニトークもありで、大盛況だった。来て下さった皆さんありがとう。私のサイン会に、いつもお子さん連れで来てくださる方がいるのだが、会うたびに成長していて、なんだか嬉しい。自分の姪《めい》と重ね合わせて楽しい気分になる……のだが、あんな小さい頃から山田詠美という人物をインプットされて大丈夫なんだろうか、と少々心配しているのである。

さて、大阪でのサイン会の後、食事→酒とはしごするうちにピーコさんはお帰りになり、残された私たちは本格的な「飲み」に突入した。と、同時に「食べ」にも突入してしまったのである。あーもう、夜中にあんなに大量の肉食っちゃって。私のほっぺは、ますます大阪名物たこやきと化した。ホテルの私の部屋に戻ってもそれは続き、何段重ねにもなった蒸籠《せいろ》に入った点心なんか頼んじゃって。明け方だよ？　おまけに、どうしても焼酎を飲みたくなった私たちはルームサーヴィスに電話し、置いてないことに抗議し、今回の本を作った講談社の森山は、バッグを抱えて自ら買いに行こうとした（結局、ホテルの人が調べてくれて、近辺に開いているコンビニがないと判明）。森山……あんなにむきになることなかったんじゃないのか？　昔、一緒に香港に遊びに行った時も、明け方、大晩餐会が始まっちゃったことあったけど、あれから十数年、あなたの胃袋は少しも小さくなっていなかったんですね。あっぱれなことです。

「だって、飲むと食べたくなるし、食べるとまた飲めちゃいません？」

だって。帰りの新幹線でも、昼だというのに、既に宴会を始めていた総勢四名。皆、個人的に飲みに行ったり食事したりする間柄だ。そして、誰もが、大酒飲みにして健啖家《たんかけん》。明け方までの酒が、誰の体にも残っていないというのがすごい。永遠に終わらない食べ物と酒の連鎖。私たちは、この恐ろしくも素晴しい集まりに「メビウスの会」という名を付けた。新幹線の中でも、カートのビールや缶チューハイを飲み尽くしてしまった私たち。森山なんかウィスキーの小瓶頼んで水割り飲んでたものね。新幹線に水割りは良く似合う、とか言っちゃって。そういう私も、枝豆ときんぴらごぼうやチーちくなんかつまんで飲んじゃって……いやーっ!! 終わってる!! この氷、備蓄しときましょうよ、と言うのは、「スタイル」編集部の佐藤とし子だ。備蓄……それは、私たちにとって、限られた空間で酒とつまみを楽しむための用語なのである。皆、仕事の出来る有能な編集者ではあるのだが、遊びにも有能なのである。有能過ぎて怖い。しかしながら、私ももう四十なかば。いいのか、これで。それとも、年下のこの人たちに希望与えてる? そう恐る恐る尋ねると、力強く、「うん!!」だって。山田さんもまだまだ行けますよーだって。解った!! 私も開き直ることにする。開き直ってあなたたちの希望の星として生きて行く

ポン式カレー
(スープ仕立て)

*材料
玉ねぎ、きのこ、人参
サラダ用ビーンズ
他、冷蔵庫で余っている野菜
にんにく、しょうが
骨付きの鳥肉2・3本
ベイリーフ、S&Bのカレーパウダー
ガラムマサラ
レッドペッパーの粉末
塩、胡椒、水、火
+
2時間 ※作り方は右の絵を参考にして下さい。

ことを誓うわ。

メビウスの会への忠誠を誓った筈の私だが、たまには、しっとりしたくて、男の方とドライブに行って来ました。秋の美しい富士を見てロマンスに身を任せようという魂胆……だったのだが、行き着いた先は、富士サファリパークだったとさ。日頃、猛獣とか呼ばれてる私が、こんなとこに来て良いのか。でも、なかなか楽しいものですね。あの歌の通り「ライオンは寝ている」し。冬は、皆、どうしているんだろう。雪の中で同じように棲息出来るのだろうか。富士の雪の中を歩く猛獣……ヘミングウェイ？　ちょっとせつないじゃん。駱駝《らくだ》のこぶは栄養を備蓄してるからエイミーの肉と同じとか連れの男に言われちゃうし。空腹時には召し上がってくれても良いんだけどさ。ポンちゃんにとって、おいしいものは find out it was beautiful illusion. 富士には月見草と猛獣と水割りがよく似合う。（by治＆詠美＆メビウス）

ノンシャランに無心道

十一月三日は、文化の日。飲んだくれてばかりいないで、たまにはカルチャーな奴《やつ》になってみよう！　という訳で、またまた奥泉光、吉野弘志さん（日本一の女好きベース奏者。この場合、日本一は、女好きにもベース奏者にもかかる）と三人で朗読会を催した。場所は、例によって西荻窪 **Konitz**（いつもいつもここで宣伝しているのに、ちっとも功を奏していない暇なジャズバー）である。チケット代わりに使ったのは、なんと、大学時代、へたくそな漫画家やってた頃の私の絵を印刷したポストカード。担当編集者の女の子がおもしろがって作ってくれたのだが、今見ても、ほんと、下手だ。少女漫画なのに、ファンクやろうとしている。アル・グリーンのジャケットみたいな黒人の男の子がポーズ取ってる。おまけにデッサン力ゼロ。これでは売れなかったのも無理はなかろう。しかし、ここまで下手なら、開き直って笑ってもらおう、と店主に提供したのだが。

その漫画のタイトルは「横須賀フリーキー」。横須賀の基地まわりで生まれ育ったアフリカ系と日本人のミクスの男の子が東京に出て来て一旗上げるという話である。今思うと、横須賀から出て来るだけで、なんで、あんなアメリカンドリームみたいな成り行きになっちゃうのかって感じだけど、当時、横須賀や横田は、近くて遠いスペシャルな場所だったんですね。おまけに、今と違って、ソウルミュージックは、ある種の人々にしか認知されていず、日本人のソウルシンガーなんて、ほとんどいなかった。それなのに、少女雑誌でソウル漫画を連載していた暴挙。案の定、それを最後に、まったく仕事は来なくなった。担当編集者も、きちんと伝えてくれりゃあ良いのに、最後の原稿は、受け渡しすらバイトにまかせて、自分は、顔も出さなかった。そして、それっきり。なるほど、と思った。こういうものか、と。あんたは、人気もないし、絵も下手だから向かない、もうやめた方が良い、と言ってくれたら、どれ程、楽だったか。誰かにそう言って欲しかったのに。それなのに、私が物書きとしてデビューした時、彼は、週刊誌で私についてぺらぺら語ってた。あか抜けない格好してたんですよ、だって!!　悪かったな。あれは、「ファンキー」なスタイルなの!!　泥臭さが命なの!!　鳥の巣みたいなヘアスタイルは、林家ぺーでも、マグマ大使のゴアでもなく、チャカ・カーンだったの!!　ウェスタンブーツにバックスキンのジャケットは、カウボーイではなく、テディ・ペンダーグラスだったの!!　でっかいループイヤリングは、ローズロイスのディーヴァのつもりだったの!!　と、今頃たてついても後の祭りだ。ただしゅんとするしかなかったあの頃の私は、身の程をわきまえていたということだろう。私は、自分の世界を構築することだけにかまけていて、絵をきちんと描こうなんて思わなかったのだ。駄目じゃん、そんなのって。漫画家になる資格なんて、なーし!!　夢破れて、そう叫んだ私。その私が、今、下手自慢しながら、朗読会で自分の絵を配っているよ。まったく、人生って、どう転ぶか解らない。私が物書きとしてスタートを切れたのは、当時、ださいと思っていたことを全部引き受けたからだろう。デビュー作を書き上げた時には、何の欲もなくなっていたものね。今の私に出来ることはこれだけだし、ここまで落ちたら、いっそ清々《すがすが》しいかもね、と思ったら、新人賞を受賞した。取れるなんて思っていなかった、というより、取れなくてもいいや、また書きゃいいんだ、デビューするよりも、書くということが大事、そう心から思えた。あの時、生まれて初めて無心になった瞬間だったんじゃないだろうか。無心になった時こそ欲しいものは手に入る。この法則を発見した私は、以来、無心道を追求しているのだが、近頃は、その無心も行き過ぎて、ノンシャラン（死語ですが、私の中では復活）の領域に差し掛っている。もちっと欲深にならなきゃまずいんじゃないかと思っている。私にある欲望って本能に関するものばかり。寝たーい、とか、食べたーい、とか、したーい、とかさ。書きたーい？　いえいえ、それは全然。小説を書くってのは、私にとっちゃ欲以前の命題なのでね。

さて、話は朗読会に戻るが、チケットは即完売して、今回も大盛況だった。店の外に手書きの貼り紙しといただけだったのに、ありがたき幸せです。吉田修一くんや長嶋有《ゆう》くんも来てくれた。次回は、吉田くんも読んでくれるようなこと言ってたけど本当かな。クリスマス・イヴに、またCCC（Crack Crying Christmas という一緒に過ごす人のいない難民のためのパーティ）やるよーと言ったら、まだ日にちはありますす、絶対に参加しないですむよう努力します、なんて抵抗してたけど、さっさと諦めるのも大事だよー。その横で、なんかぼく参加しそうですって気弱になってた若者もいたけど、あんたは、もっとがんばった方が良いかもよー。

この間、深夜に、船戸与一さんに呼び出されて、同じバーに行ったら、朗読会？　何がおもしろいんだ、そんなのただ本読むだけだろー？　なんて言われちゃったけど、確かに、私も前はそう思ってた。特に、長編を抜粋して読む場合はストーリーなんて解らない訳だし。だけど、そうでもないことが最近解って来た。朗読会の意味は話の筋を追うこととはあまり関係がないことなのだ。作家が生み出した言葉を自身の声にのせる、それによって発生するヴァイブをいかに観客に伝えるか、ということに意味があるのだと思う。読んでいると、明らかに自分の言葉が聞き手にキャッチされているると感じる瞬間がある。その時、小説は、音楽に限りなく近付いているのではないか。なんて、まだ初心者の私が偉そうに言うのも何だが、作家の朗読会が海外でさかんに行なわれているのは、その現場に立ち会いたいという実作者と読者の願い故なのではないかと思う。だから、その時、文学には音楽がよく似合う。文学が音になり、音楽は語り始める。私たちの小さな朗読会も、やがて、そういうところに行ければ良いんだけどねえ、なかなか。あがり性で、講演なんかも一度もやったことのない私は、まだまだって感じ。それなのに、奥泉と来たら堂に入ってる。図々しいのか？　彼は、やはり同じ Konitz で、十二月二十七日には、今度は、プロの一流ミュージシャンたちとフルートだけで出演する。あつかましいのか？　それとも大物なのか？　この間、会食の時にお酌をされて、や、不作法なもので、なんて言ってお猪口《ちょこ》を差し出してたけど、あなたねえ、そういう時は、不作法ではなく不調法と言うざんすよ。まったく石部《いしべ》金吉《きんきち》（これも死語だが、彼によって私の中で復活）なんだから。

ところで、今回、吉野弘志さんが、今年上梓した私の『ＰＡＹ　ＤＡＹ!!!』の登場人物、ウィリアム伯父さんを非常に気に入ってくださって、「トゥ　アンクル　ウィリアム」という曲を作ってくれた。アンコールでは、それに合わせて『PAY DAY!!!』の一節を読んだのだが、ベースとフルートが私の世界の背景にあるなんて、なんて贅沢《ぜいたく》なことだろうと思った。うーん、二人とも、女好きだろうが石部金吉だろうが許す!!（って、ほんと私って何様なんだか）
私は執筆中に音楽を聞かない。音楽どころかすべての音が駄目である。水道の水がたれている音すら苛々《いらいら》する。でも、頭の中では自分だけの音が聞こえているのである。そういう状況で書き上げられた小説が自分の声で音になり、さらに他者による音と交錯するのは、不思議な瞬間だ。小説が私の手を離れたと感じる。その自由な感触がい い。さて、来年の朗読会は、どんなことになるのやら。新しい小説でも書きながら策を練ろう。うーんと、クールな文章を目指してみよう。なあんてね、クールって、意識すればするほど遠ざかるものだから難しい。やはり、ただノンシャランとしていれば良いのか。この葛藤は、私のライフワークになりつつある。お洒落《しゃれ》で格好良く作られたものって、ほら、そこはかとなく田舎臭いじゃん。街とか、服とか、食べものとか。音楽や文学もその罠に陥る危険性、おおいにありである。なんてことを考えていたら、『アイロニー？』（Oka-Chang 著・扶桑社刊）という本に出会った。著者は、元スーパーモデルにして、今、向島芸者見習い（！）で、あの石丸元章氏の奥方だって！　これが、もう、かっちょいい女の子なんだよねー。クールの基本を体得した稀な人物なのだ。別嬪《べっぴん》にして男前という私の憧《あこが》れを地で行っているというか。女の子たちも、好感度ナンバーワンのタレントなんか真似っこしないで、こういう人を見習って欲しい（ま、見習っても、彼女みたいにはなれないだろうけど、なりたいと夢見ることから始まることもある）。これを読むと、素顔の私を語ります的なモデル本が、ものすごーくださく思えて来る。ただし一筋縄では行かなそうな著者だから、並の男には歯が立たないだろうなあ。こういう女の子がどんどん出て来て、男たちのハードルを高くして欲しいなあ、と近頃すっかり中央線に埋もれている隠居状態の私は見えない所で拍手を送るのである。

クール！　これは、最先端と呼ばれるもののことではないよ。むしろ、限りなくださに近付くことで生まれる妙と言いますか。トラディッションを知り尽くした上での、真剣なお遊びとでも言いますか。そういう意味で、川端康成の『文芸時評』（講談社文芸文庫）も、おもしろかった。えー？　昭和初期に、この人、今の私たちと同じこと言ってるじゃん!?　という驚き。新しぶって、人の作品をくさしているばかりの今時の文芸評論家にこそ読んでもらいたいものだ。この人の憂鬱は、それこそ、〈アイロニー？〉なおもしろさに満ちている。もっと言ってくれい！　ゴーゴー康成……って、あ、もうこの世にいないんだっけか。勝手に引用させていただく。

「姿形だけを見ると、女は男よりも情操が豊かで、こまやかで、柔かいと思われるのであるが、多くの女流作家を見ると、全くその逆であることを知る。女流作家達は、夢想家の男に味気ない目覚めを教える為めの存在と云わなければならない。女流作家一般を理解すれば、精神的な恋をする男の数は半減するだろう」

ヤッホー!! と同時に、かっちーん!! 川端がこれを書いたのは、昭和七年。今でこそ皆がこのことに気付いている。そして、今ですら、このことは、誰も口に出来ない（おっかないもんね）。でも、でも、この若き文豪は、あっさりと言い切ってしまっている。もしも、川端先生が生きていたら、私なんて、なついてしまっただろう。しっしっ、あっちに行け、女流作家め！ と言われても、踊子なんかに負けないもーん、としつこく後を追いかけたかも。そう、私は、踊る作家。赤坂のムゲンでならした女丈夫よ。裸で手を振るなんてお手のもの。トンネル抜けたとこで待ち伏せて、先生の女流作家観を変えてさし上げたと思うわ。解りやすくて、意地悪で、的確。ああ、こんな文芸時評が、私は読みたい。もっと、女性の批評家が出て来ると良いのに。今のところ、読んでおもしろい女性の文芸評論家って、斎藤美奈子さんぐらいだもんなあ。ガールパワーに期待して、打倒川端なのだ。そのために体力を付けるべく、昨日も、私は、卓球を……卓球を……ああ!!

先月発売された「文藝春秋」の「日本の顔」というグラビアページに、私の卓球姿が掲載されていて、仲間たちに笑われている。「今、フォームの改造中なんです」という私のコメントのせいだ。

「フォーム？　おまえ、フォームなんて最初からあったっけか」

そんなこと言われている。私は、グループの中で一番へたっぴいで、運動神経ないんじゃないの？　と思われているのだ。私以外の人々は、皆、体を使う仕事をしているせいだろうか、勘が良くて、どんどん実力をつけている。机の前に座っているだけの私は、分が悪い。練習が始まる前から、終わった後、どこでごはん食べるのー？とそればかり気にして失笑を買っているのだ。思い起こせば、小中学校時代、体育の授業は、運動神経の鈍い私にとっては悪夢であった（高校時代は勝手に保健室で病気になってた）。五十メートル走で十秒をきったことはないし、いまだ逆上がりは出来ない。握力は十そこそこ。跳び箱を跳べたことは生まれて一度もない。その私が、創作ダンスだけは嬉々としてリーダーシップを取ろうとしていたので、皆、不思議そうにしていた（でも、取らせてもらえなかった、悲しい……）。どん底の成績を何とかしようと画策した私は、冬でも授業中半袖半ズボンで過ごしてアピールすることを思いついた。それは、功を奏して、五段階評価の「2」は、見事「5」に昇格したのである。姑息《こそく》？　ううん、とっても寒かったのに、がんばったんですもの。あの時の努力、いや、やせ我慢の成果か、私は、今でも滅多に風邪をひかない。皮膚が強くなったのか、がんがんに日に灼いても、しみひとつ出来ない。あの頃の苦労を思うと、大人になるっていいね。劣等感に悩まされることなく、開き直って、終わったら焼肉ねーとか言って、さぼっている。おまえの食うのは、サンチュとキャベツだけな、味噌を付けるのは許す！　とか、宗方コーチ（『エースをねらえ！』よろしく私の指導者を買って出ている Konitz のいけずな店主）に意地悪されてもへっちゃら。実力に見合ってないと言われながらも、マイラケットのラバーは、世界最強のブライスでーい!!　だって、病は気から、じゃなかった、実力は道具からでしょ？　ほら、わたくし、一流好みなんですもの（その割には、シューズは高校時代に買ったぼろのコンバース）。

街の卓球場まで行くのに、自転車組とタクシー組と歩き組に分かれる。私は、もちろん歩き組。自宅からは一時間かかるが、私は、歩くのが大好き。運動神経は鈍いが、体力だけはあるのだ。歩き組は、私を含めて三人だが、四季の移り変わりをながめ、雑談に興じながら早足で歩くのって、まるで子供の頃の遠足そのもの。途中、ひとりが、あー、うんちしたくなっちゃったよう、とトイレを見つけて駆け込む。以来、彼は、うんちした奴と言われ続けている。私も言っている。自分は言われたくないので、トイレに入った時は、すみやかに用をすませて戻る。息を切らせる私に、うんちしただろ、本当のことを言え！　とせまる奴ら。これって、小学生の会話じゃん。無心道は人を子供返りさせるのか。ポンちゃんの無の心は、naughty funky things must go on. トントロの代わりに網にのっけて焼くぞ、と宗方コーチに脅された。ふん、やってみー。うんちしたくせに。

オクラな年の瀬

ううう。ゲイの友人とげらげら笑いながら、マンションの一室にあるゲイバーに入ろうとした瞬間、段差につまずいて転んでしまい、歯が欠けた。幸い人に言わなければ解らない程度だったので歯医者さんにも行かないままですんでいるのだが……。

私は、よく転ぶ。いつも段差を見落してつまずいている。これは、不注意であると同時に、歩き方にもよると思う。私は、ものすごい早足なのと同時に、足をまっすぐに伸ばして後ろから蹴り上げるようにして歩くので、勢いを付けたまま、段差を蹴とばしてしまうのである。颯爽《さっそう》とした歩き方を追求するあまりにこんなことになってしまうなんて、とほほ。デューク更家《さらいえ》さんにでも御教示をたまわるしかあるまい。

あーかっちょ悪い。と、思っていたら、そのゲイバー経由で伝わったらしく、パリのやはりゲイの親友から電話がかかって来た。心配してくれるのね、やっぱ……と思っていたら、私の歯に関する話題は三秒で終わり、後は、自分のラブライフのお話。

彼の男選びのポイントは、いつも、「高貴」「美貌《びぼう》」「品格」なのだが、それを満たしていれば、貴族だろうが、浮浪者だろうがおかまいなしなのがおもしろい。世の中の価値観なんぞ相手にしていないところが断然私好みだ。日本には、いまだに彼氏の学歴やら職業やらを人と比べて満足している輩《やから》がうようよいるが、く、私らにかかっちゃ、色事を解していませんなって感じなのだ（彼女のそれを自慢する男はあんまりいないね。でも、リベラルなんじゃなくって上に立ちたいコンプレックス故の場合が多い気がする）。

さて、私たちは、ある共通の男友達についてそれぞれの考察を述べる。彼が言う。

「だいたいあの子はさあ、傷付くことに慣れてないのよ。くだらないプライドを持ち過ぎてるの。一度、そういうもんを壊されてみないと魅力って出て来ないのよ！」

「あー、私もそう思う。そしたら、本当に持つべきプライド解るもんね」と、私。

「そうよ！　だから、私、言ってやったことがあるの。あんたは、一度、便器になってごらんなさいって」

「便器!?」

「そう！　そういう思いをしてみなきゃ駄目。だって、私もエイミーも一度は便器になった経験ってある訳じゃない？」

「うーん、まあ、そうだね」

「ねー？　うふふ、でも、私たちは金無垢《きんむく》の便器だから、いくら汚されても、永遠に輝いているのよ!!　そう思わない!?」

……そうなのか。金無垢の便器……見たことないけど、なんかすごいたとえ方のような気がする。ゲイの人々が皆そうではないのだろうけど、少なくとも私の友人たちは、いつも自己完結と自己肯定が激しい。ビバ自分な俺節、アイラブミーなのだ。私自身そうだと認めているが、私以上にそうなのだ。強気でいたい私も、時には、あーこんな自分やだやだと思うことがある。そんな症状を患った際の特効薬、それがゲイの友人たちなのである。彼らの潔い物言いは、私の患部を手当てする。癒《いや》されるというのとは違う荒療治的な効果がある。あなたがこうだから悪いの、と言い切られるのは気持良い。彼らは毒舌だが、誉め言葉も決して惜しまない。それが、世間様に左右されない独自の価値観によるものなので、信頼出来るのである。ま、時には、行き過ぎでは、と思うこともあるけどね。その場合、こちらもちゃんと指摘する。そして、ますます仲良しになって行くのである。彼らとつき合うことは、私の中で友情の基本形を作って行くのに等しい。まあ、少々デフォルメされてしまうけど。

友達という概念は、人さまざまだなあとよく思う。私などから見ると、ただの知り合いだろって思う関係にも友達という言葉を当てはめる人がいて首を傾《かし》げてしまうこともしばしば。親友沢山いるのーとか言う人に至っては、嘘《うそ》だろと思ってしまう。友達が少ないのは恥しいことなんだろうか。皆、そんなに誰かと何かの手段でつながっていたいのだろうか。電車の中で、今、誰もがメールを打っている。まめだなあ、と感心する。私には、とても出来ない芸当だ。人間関係に関する価値観が、私とは全然違う人たちなんだなあ、と思う。数少ない私の親友たちとは、何ヵ月も連絡を取らないこともある。それでも、お互いを気にかけているのが解る。会えば、昨日の続きのように話し込む。たまに電話をすれば、長電話になる。会えない時間が、すぐに埋まる。そういう時、つくづく友達っていいな、と思う。恋人がいない時は、どうでも良い男たちとつき合うが、恋に落ちればその人一途。それが恋人。複数ではあるが、友人関係もそれに似ている。多くの出会いと関《かか》わりを経て、友達と決めた人たちには誠実でありたい。まあ、恋と一緒で、破局も数知れずなんですが。

と、そんなことを思うのも、私のところには、友達は沢山いるのに信頼出来ないという手紙がよく来るからである。その沢山いる人々というのは友達ではないのだがなあ、と思うのだが、返事は出さない。こちらが信頼出来ない人は、むこうもこちらを信頼していないという当り前のことは、自身で気付かなくては始まらないからである。

たまに、信頼していたのに裏切られたという人がいるが、その場合、信頼という言葉より、期待というのを当てはめるべきだろう。相手に期待しない、というのは、友情のとっかかりとして有効であろう。見返りを求めない、と言い替えてもいいけどね。そんなことを言ってる私も、若い頃には痛い目に遭《あ》って来ました。そして今、私は、誰にも期待していない。期待していないけれども、確実に愛している。それを、こちらの勝手な欲望で、表現したいと思うだけだ。何か彼らに困難なことが待ち受けていた時、そこにいてあげたいなあと思う。これも欲望。友人たちは、その私の欲望を満たしてくれれば、それで良いのである。

気が合う人、というのがいる。気が合うか合わないかは、友情を育《はぐく》む前段階の極めて重要な条件だ。ただし、それが進んで行くか否かは、解らない。

この間、ある男性が家に遊びに来た。事務的な用事で来客があったので、仕事場で待っていてくれと、そちらに通した。

「ごめーん、すぐ終わるからさ、この椅子《いす》に座っててておくれ。文豪の椅子だよーん」

促されて、彼は、私の仕事机の前に座った。そして、椅子の上にふんぞり返ったポーズを作って、ひと言。

「えっへん」

ひよー。この言葉を実際に使う人を初めて見たよ。何故かツボにはまってしまって笑い転げてしまった。そして、彼のこと、大好きになってしまったよ。なーんか、彼と一生つき合うような気がして来た。いや、つき合う！　こんな些細《ささい》なことから、私は、人を好きになるのである。友情を生むきっかけなんて、この程度で良いのである。お楽しみは、これからだ。出会いには、お尻を軽くしよう。けれど、つき合いは慎重に進めたい。だって、一生もんになるかもしれないじゃん。

ところで、そういう一生もんの人と吉祥寺の街を散歩していた時のことだ。魚屋に寄りたいと彼が言う。え、何買うの？　と私。

「ほら、あれだよ、あれ。卵の……」

「いくら？」

「違う！　ああ、ど忘れした」

「数の子！」

「違うって、卵じゃなかった、ほら、あれ」

「えー？　何、何なの」

身悶《みもだ》えしながら、彼が大声で叫んだ。

「あれだよ、あれ!!　卵じゃなくってさあ、精液!!」

「……白子？」

「そう！」

精液って……そんな身も蓋《ふた》もない。私たちを通り越して行った人々の視線が痛い。身も蓋もないと気が合う私たちだが、この場合、あんまり合わせたくないというか。身も蓋もないと言えば、どうでも良いことを思い出したが、前出とは別のゲイの友人が、○○くんの精液だったら1リットル飲めるわーって言ってたっけ。その○○くん（女好き）に伝えたら、そんなに出せませーんと、あっさり却下していたけど、1リットルって白子何個ぶんなんだろうか……ああ、つられて私もやくたいもないこと考えてる。なんか、今晩の夢に白子の大群が出て来そう。くわばら、くわばら。

でも、おいしいよね、白子。あれを食べるのって日本人だけなんだろうか。前にアメリカ人の知り合いに、白子の話をしたら、卒倒しそうになってたけど。ボーイフレンドのだって嫌なのに、とか言って身震いしてた。そうだろうか。ボーイフレンドのよりはるかにおいしい気がするけど。あれを最初に食べることを思いついた人って、どんな人？　しかもポン酢かけたりして。羊の脳みそのフライってのも食べたことがあるけど、食感は似ているよね。フランスのレストランにたまにメニューに載ってるけど、これも、アメリカ人にとっては卒倒ものだろう。などと考えていたら、こんなアメリカ人もいるのか、という本が。あの『キッチン・コンフィデンシャル』で話題を呼んだアンソニー・ボーデインの『世界を食いつくせ！』（新潮社刊）である。彼が世界じゅうを旅行して、あらゆるもの（ゲテもの多し）を食べる話なのだが、そんな彼が、最も怯《おび》えた食べ物が、納豆。昆虫やイグアナ、生きた爬虫類や毛虫よりも怖かったそうな。勝手に引用させていただくが、

「納豆を食うか、かつての愛犬プッチ（死後三十五年）を掘りだしてリエットを作るか、そのどちらかを選べといわれたら？　ごめん、プッチ」

だって。どうして解んないかなー、あの美味が。私は、納豆なしではいられない。私が外国に住めないなーと思うのは、納豆の有無によるところが大きい（都市は別。売ってるし）。そういや、私の夫も、無理矢理食べさせた時、トイレに駆け込んで吐いたっけ。私なんて、貧乏な学生時代、トーストに納豆のっけて食べるくらい好きだったけど（何故トーストかと言うと、炊飯器が買えなかったからである）。あの匂《にお》いとねばねばを愛するのは日本人だけなのか。それも関東以北の人だけなのか。大阪に出張に行った友人が定食屋で納豆定食を見つけたので頼んだら、店の客全員ににらまれたそうだ。だったら置くなよなーと、その友人は、しょんぼりしていた。

アンソニー・ボーデインは、山芋に関しても、こんなことを書いている。

「いったい山に生えるもので、こんな不気味な味のものがあるのだろうか？　この正体について訊《き》かなかったのは、ひょっとして気に入ったと勘違いされて、お代わりをもってこられたら困るからだ。このねばねばする黒っぽいものは、たとえるなら塩をして天日で乾かした山羊の腸――信じがたいほどひどい匂い――に蛆虫《うじむし》のようにのたくるものを散らしたような感じだった」

ここまで言うかって感じだが、やはりキーワードは、匂いとねばねば。

アメリカ南部の夫の実家で、私がごはんを炊こうとすると、義母が必ず言う。なるべく粘り気を出さないようにね。うるさいなあと思いながら、炊飯器（Kマートでようやく見つけた今の日本のどこにもない旧式のいわゆる電気釜）のスウィッチを入れる。そこで放ってはおけない。目を離すと、彼女が蓋を開けてしまうからだ。いわく、匂いがこもるでしょ、ということなのだが……きーっ、この匂いが良いんじゃないか。ほかほかってボキャブラリーが英語にはないみたいなのである。そんな彼女の作る米料理は、レッドライスと呼ばれるトマトソースとブイヨンで、ぱらぱらに仕上げたピラフみたいなもの。これはこれで悪かないのだが、私の食べたい「ごはん」とは別物なのである。

アメリカ南部では、よくオクラを食べる。ベーコングリースで炒めて粘り気を消して食べる。あるいは、ガンボと呼ばれるシチューのとろみ付けに使う。おいしい。でもさ、たまには、日本人的正しい食し方で行きたいじゃありませんか。そう思った私は、生のオクラを買って来て、さっとゆがいて、輪切りにしてかきまぜ、粘り気を強くしたものをボウルに盛り、おしょう油をかけ、かつ節（日本から持参）をのせて出した。その時の皆の顔と言ったら！　どの顔にも、オーマイガッと書いてあったものね。

　英語では、ねばねばを「スティッキー」と言うが、良い意味で使われたのをほとんど聞いたことがない。ねばねばはいいよ。そういや、昔の大好きなディスコソングで、タイロン・ブランソンの「スティッキー　シチュエイション」て曲があったけど、友達とは違って、恋人とは、いつでもスティッキーでいたい私。それを許してくれる人でないとつき合えない。夫？　いや、それは、クリスピーベーコンと炒めて粘り気なくした方が食べやす

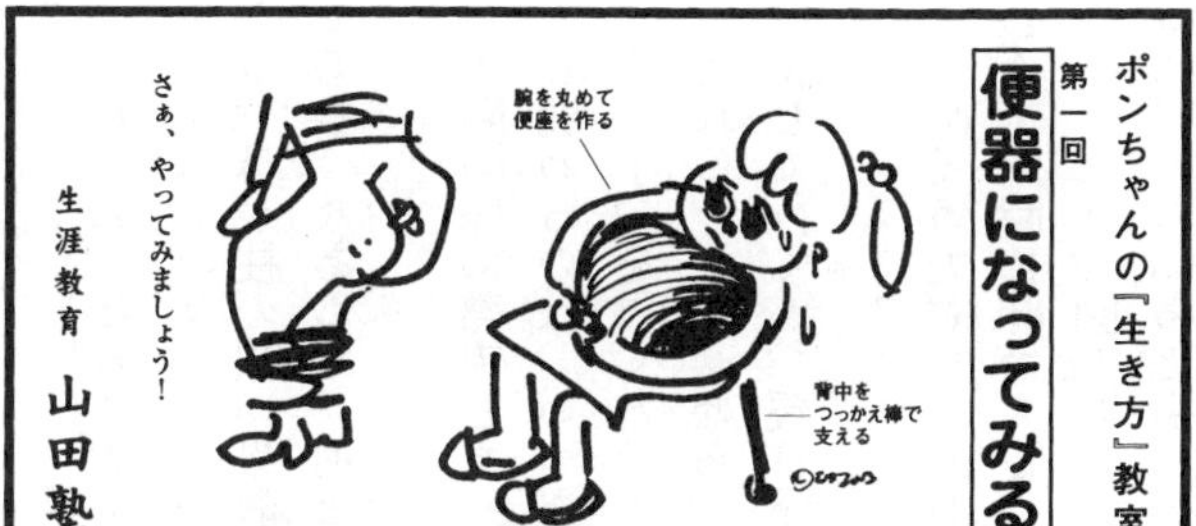
ポンちゃんの『生き方』教室
第一回
便器になってみる
腕を丸めて便座を作る
背中をつっかえ棒で支える
さぁ、やってみましょう！
生涯教育　山田塾

いことでしょう。

ちなみに、ゆがいて輪切りにしたオクラ、山芋の千切り、なめこに、出汁《だし》とおしょう油かけて、温泉玉子をのっけて、かき混ぜて食べるとおいしいよ。アンソニー・ボーデインに食べさせたら、アメリカに逃げ帰ること確実である。鼻っ柱の強い果敢なこのシェフを殺すのに刃物はいらない。ねばねば、でOKである。なあんて、何とも憎めない奴なんだけどね。

てなことを言っているうちに、もう年の瀬。思い返すと、人間関係に熱中した一年だったような気がする。得たものあり、失ったものあり。人と関わるのは、いつだって心地良い面倒。たぶん、永遠にこりないし飽きないんだろう。小説を書くために人とつき合ったことはないけれど、結果、小説という子供が生まれる。どうせなら、出来の良い子供を産んでみたいもんだと思う。どんなふうに成長して行くか、親は予想もつかないけれど。

締め切りに追われる作家の人たちには、けっとか言われちゃいそうだけど、私は、十二月が大好きだ。一年のうちで、一番、のんびりとわくわくを同時に味わえる。この一年の良くない出来事を気持の中で、ちゃらにしちゃおうぜ、などと図々しいことを考えたりする。部屋で、ぼおっとしていたかと思うと、急に、ふらふらと街に出たくなって、散歩する。そんな時、道連れがいたら最高だ。でも、道連れが欲しいなと思いつつひとりきりなのもまた気分が良い。ポンちゃんにとって、友達関係とは、have invisible sticky situation between us で続けたい。だからと言って、安部譲二さんに飲み屋でしつこく説教しなくっても……。これって、「えっへん」？　それとも、ねばねば？

目標は幸せちょろぎ

草石蚕。皆さん、これ何と読むか知っていましたか？ 私も知らなかったが、これ、「ちょろぎ」と読むのです。そう、あのおせち料理に入っている赤い巻き貝みたいな物体。いったいこれの正体は何ぞや、と思った父が広辞苑で調べたところ、シソ科の多年草の茎であった。長呂儀と当て字している商品もあるようだが、実は、草石蚕。しかし、どこからこんな読み方が来たのかは、まったく解らない。中国産ということだから、そちらの読み方なのか？ ぴんと来ないので、私は、あくまで、平仮名で表記する。

ちょろぎ。実は、ずい分前から、この存在が、山田家で物議をかもしているのである。発端は、姪《めい》のかなの言葉。

「もしも、涙が、ちょろぎだったら、目、痛いだろうねえ」

我意を得たり、と思った私は、早速、ちょろぎの涙を流す演技をする。

「う、う、う、ころん」

難産の末の涙である。この渾身《こんしん》の演技に、すっかり気を良くした私たちは、事あるごとに泣き真似をして遊んでいた。う、う、う、ころん。やがて、それは家族全員に浸透し、老いも若きも真似をし始め、今となっては、涙と言えば、ちょろぎ。ちょろぎと言えば、涙という常識にまで発展したのである。そうこうしているうちに、ちょろぎの本番である正月がやって来た。おせちの重箱の中に鎮座するちょろぎ。皆、一斉に歓声を上げる。かつて、ここまでちょろぎを崇《あが》めた人々がいたであろうか。わー、ちょろぎだ、ちょろぎだ、う、う、う、ころん、いてー。手の中には、本物のちょろぎがある。実演である。食べ物で遊んではいけません、と昔教えられたよなー。でも、すっかり、そんなことを忘れて騒いでいる。馬鹿《ばか》？　そう、山田家で生きのびるにはお馬鹿さんになり切らなくてはならない。年のせいか、近頃めっきり涙もろくなった父は、パパ、嬉《うれ》しちょろぎが出そうだよ、などと言っている。ちょろぎ物のTVドラマばかり見ているからだろう。妹に至っては、もしも、鼻血が、ちょろぎだったら、などと想像を広げている。しかし、これは、ちょろぎ侮辱罪に当たるというので、すぐさま却下された。結局、使い回されたちょろぎは、誰の口にも入らないまま、どこかに行ってしまった。可哀相《かわいそう》に。でも、存在自体が涙なんですもの。今さら、泣くこともないであろう。さようなら、ちょろぎ。あばよ、ちょろぎ。アデュー、ちょろぎ。また会う日まで、ちょろぎ。元気でな、ちょろぎ……って、我ながら、すごーくしつっこい。

こんなふうに、例年通りしょうもなく明けた新年。お屠蘇《とそ》の杯を受けながら、父の訓示を聞き流すお正月の始まりだ。お姉ちゃんは、お酒を飲み過ぎないように、煙草《たばこ》を吸い過ぎないように。毎年、誰もが同じことを言われてる。結局、一生守れないことを言われ続けるのだろう。年頭所感が保《も》つのって、せいぜい一週間よね。と、言うより、私の場合なんて、父に諭される前に、既に守れてない。お屠蘇って、まずいんだよなー、私の分だけ辛口の日本酒にしてくんない、とか毎年のようにぶつくさ言ってるし。ああ、二〇〇四年も、また飲んだくれるメビウスの年なのか。乞《こ》う御期待！……って、誰も期待してないか。それどころか、またですかあとぼやく声が聞こえて来そう。でも、そんなことを言っては駄目。私の周囲にたむろする酔っ払い諸君！今年も飲み会では一緒に遭難するのよ!!

ところで、TVを持っていない私は、帰省すると、逃していたヴィデオやTVドラマをまとめて見るのだが、今年の年末年始も同様であった。炬燵《こたつ》の殻をかぶって、ヴィデオ三昧《ざんまい》する私。その時、私は、驚くべき事実を発見したのである。皆さん、「Sex and the City」というアメリカドラマは御存じですよね。ニューヨークの四人の妙齢かりはまってしまって、見続けているのだが……。

　このドラマ、冒頭に短いテーマ曲が流れ、それに合わせて、主人公のサラ・ジェシカ・パーカーがニューヨークの街を歩いている。そこにバスが通り掛かる。そのバスのボディには、ライターやってる彼女自身の広告がある。大写しになった自分の姿にしばし見とれていると、そこに車が走って来て、彼女に、盛大に水溜《たま》りの泥水をはね上げる。オーマイガッの表情でストップモーション。で、問題は、その静止した画面なのだ。慌《あわ》てて、巻き戻しながら妹に言う。

「大変だ、大変だ!! お姉ちゃんの知り合いが、このドラマに出てるよ!」

「嘘!! まじ!? 見せて」

「ほらっ!! ここ」

「え？ 誰？」

「長野県知事!!」

「わははは、ほんとだー!!」

画面のちょうど真ん中。主人公とすれ違うアジア系の男性が、田中康夫ちゃんにそっくりなのである。もしかして、本物？　長野にいたんじゃなかったのか!?　私は何か重大な証拠をつかんでしまったのではないだろうか。康夫ちゃん、もとい、そのアジア系の男は、女を連れている。前に見た彼女ではない女だ。お忍び？　でも何故《なにゆえ》TVに？　ああ謎は深まるばかりなのである。

さて、暇な正月とは言え、おとうとのお墓参りを欠かしてはいけないと妹のワゴン車に乗って山田家全員は墓地へと向かう。新年の墓地には案外沢山の人がいる。先に死ぬとこうやって皆で会いに来てくれるから案外幸せかもねえと、おとうとの妻だった妹が、ぽつりと言う。最後まで生き残っちゃったら、なんか怖いかも。私も相槌《あいづち》を打つ。そして誰もいなくなった、って寂しいかもね。でも、自分を好きでいてくれた人々を後に残して逝くのもやるせないかもなあ。前に本の後書きにも書いたが、嫌われ者の食えないばあさんになって死ぬのが得策だろう。などと考えていたら、初詣《はつもうで》代わりに、色々お願いして行きなさいよーという母の声。うちって、本当にふざけてる。姪のひとりは、墓に向かって福袋をおねだりしているし。彼女の中で父親は、まだ生きている。大晦日《おおみそか》からお正月三ヶ日の間、彼女は、父親の位牌《いはい》を持って、食事の席にやって来る。もしも魂というものが存在するのなら、おとうとのそれは、楽しんでいるのと同時に、山田家のくだらない冗談の嵐に、うんざりしてもいるだろう。生前そうだったように。ま、我慢してくれよと、私は、線香と一緒に火の点《つ》いた煙草を墓前に置いて手を合わせる。すると、どこからか、必ず一匹の蜂《はち》が飛んで来る。不思議だ。毎回そうなのだ。アマガエルだったこともある。中上健次さんの命日に必ず新宮に来る蝶《ちょう》と同じように、本当に、おとうとの生まれ変わりなんじゃないだろうか。前なんか巣作っちゃったから撤去したんだよ、それなのに、またやって来るんだよ、と妹が言った。他にも墓石は沢山あるのに、うちのとこにだけ蜂が来る。わたくしをお花と間違えているんじゃないかしら、と言ったら、かなに見えないテーブルを引っくり返す真似をされた。ガッシャーン！　だって。ちなみに、父にとってのお花は母らしい。うちには、謙譲の美徳という代物が、どこを捜してもない。

新年は、誰もが一応心を新たにする。しかし、しばし待て。それと同時に、昨年を振り返って進化のステップにしてみようじゃないか。

と、言うのも。ここに、ピックアップして来たばかりの大量の写真がある。どれもこれも、年の瀬に撮られた、人間ここまで馬鹿になれますという証拠写真なのだ。ゲイディスコと化したエイミーズカフェで、全員がトランスしている様子とか、翌年の干支《えと》である猿の着ぐるみ（全身タイツ）を順番に着て撮った記念写真とか、おへそ丸出しで、「サタデー・ナイト・フィーバー」の踊りを皆に教えているおれ様とか（全員、私と同じポーズ取ってる)、ヴォーギングで決めてるゲイピープルとか、もうどうにでもしてくれと言わんばかりのアメリカ人の大学教授とか、両手を上げて雨乞いのポーズをする新潮社の小林イタコとか(ダンス?)、小猿になりきって、きーきー言ってた文春の丹羽とか、……でも、でも、一番すごかったのは、六本木の某カラオケ屋で金髪のかつらをかぶって歌う奥泉光だーっ!! このかつら、ちょっと六〇年代風で、ピチカート・ファイブの野宮真貴さんなんかがかぶれば、わーいかすう! ってな感じなのだが……奥泉光だよ? しかも、妙に姿勢良くマイク持っちゃってさ。「オースティン・パワーズ」の新作が出来ることになったら、是非とも出演させてやりたいものだ。この写真、公開すべきか、それとも一生お蔵入りにすべきか、あるいは、脅しのネタとして保存するべきなのか。ちなみに、同じかつらをかぶった昔のこの担当の講談社の森山には違和感なし。元々、壊れるとこ見慣れてるし。ただ拍車はかかっていたが……。皆、十二月まで爆弾抱えて来たんだなー。爆発させるTPOをうかがってたんだなー。でも、どうして皆、私と一緒の時なのかなー。元々、タガが外れてる人間見て安心するんだろうか。私って、お役に立ててるの? だったら、二〇〇四年も、どんどん使って下さい。私、好きな人々に消費されるの大好きなんで。

話は、まったく変わるが、今、何気なく開いたままの新明解国語辞典に目をやったら「えっちゅうふんどし」というのを見つけてしまった。長さ一メートルほどの小幅の布にひもを付けた褌。〔最近、商品名としては「クラシックパンツ」とも言う〕

だって!?……クラシックパンツ? 本当なのか。しかも商品名だと? いったいどこのメーカーが出しているんだ。もし、本当にその商品名を使っているなら断固抗議したい。褌は褌で良いじゃないか。あ、今、唐突に思い出したが、墓参りの際、どこかの家の墓の墓碑銘に「輝」というのがあった。それを見た私と妹は、「輝」と「褌」って似てなーい? とか罰当たりなこと言って笑い転げてた。まあ、それはともかく、今、褌の需要ってあるのだろうか。ニューヨークのダウンタウンのハドソン河沿いに、ゲイビーチの様相を呈している桟橋があるのだが、昔、そこで、真っ赤な褌をしているアフリカ系の男たちを見たことがある。肉体美を誇る彼らを引き立てる真紅の布は、あまりにも美しく私の目に映ったが、それをくるくるとほどいて、あーれーと言わせることが私には永遠にないのは、残念であった。私が褌を締めている男を実際に目にしたのは、それが最初で最後。脱がせるのは、いつも軟弱なブリーフとトランクスの中間みたいなやつである（最近、皆これだよね。ジーンズから見えてもOKみたいな）。いったい、クラシックパンツさん、あなたは何処《いずこ》に。おれ様こそ愛用者だ！

と名のり出たい方はご一報を（ま、ご一報を受けても何もしませんが。ほどくの面倒臭そうだし）。

クラシックと言えば、この間、卓球仲間の男子が「ももひき」を穿《は》いているのを目撃した。男性軍は、いつも卓球場の隅っこで女性の目なんか、まーったく気にしないで着替えるのである。私たちなど女として見られてないんだろうが、こちらも男と思っちゃいないので、目の前でジーパン脱がれてもへっちゃら。で、見た。全員がざわめいた。

「おまえ、今時、そんなの穿いてる奴《やつ》いねーぞ」

「でも、あったかいんですよう」

「そんなの穿いて、奥さん幻滅しないの？」

「いいえ、しません！（きっぱり）」

うーん、確かに出会いの時にそれ穿かれてたら嫌かもしれないが、愛してる男がそれを穿き始めても、愛が冷《さ》めることはないだろう。出会いの時にももひきを目撃する状況になるかどうかは疑問だが。ちなみに、アメリカでも、ももひきと同様の防寒下着はあって、ロングジョンズという。軍人の必須アイテムですな。夫も軍にいた頃はユニフォームの下に穿いていて、それのみで部屋をうろうろしているとユーモラスな雰囲気が漂っていた。可愛《かわ》いなあ、と思った。しかし。ここ何年ももひき穿いた日本人の男の子がいるなんて話は聞いたことがないぞ。褌と同じくらい稀少《きしよう》価値なんじゃないのか？　広辞苑を引いてみると、ももひきは「股引」と表記するらしい。

〔股引〕①「さるももひき」の略。さるまた。②両の股を通してはく狭い筒状の下ばき。〈季・冬〉

うーん、私たちがももひきと呼ぶものは②だが、さるまたとは？　褌とは違うのか、と思い再び辞書を引くと西洋褌とある。西洋褌？　直訳すると、ウェスタンクラシックパンツとなるが、もしかして、ただのパンツのこと？　へえ、今まで、さるまたと褌って同じものだと思っていた。辞書は引いてみるものですなあ。可愛いじゃん。さるももひきなんてさ。これから、小説でパンツを脱ぐシーンを読んだら、全部、頭の中で、さるももひきに変換してみようっと。エロスの大作、みたいなのにそ

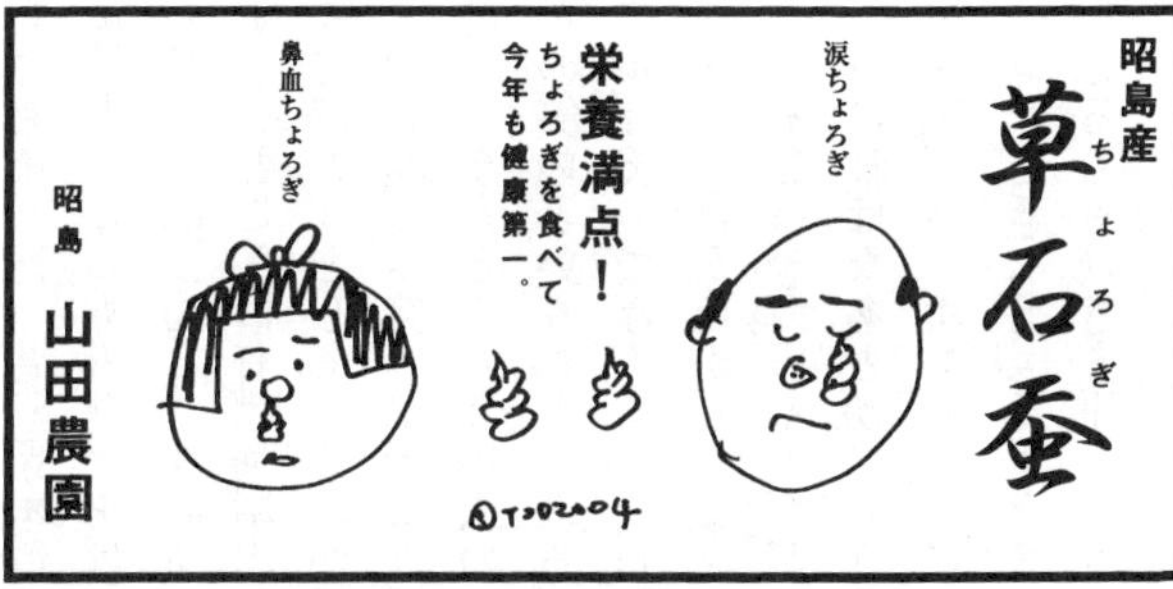

れやったら、特に良いかも。性の営み自体が、ほのぼのとして来そうだ。昔、栗本慎一郎先生の本で、『パンツをはいたサル』という本があったけど「さるもひきをはいたサル」だったら、まんまじゃん。わははは……って、私って、新年早々、またもややくたいもないことを考えてるよ。この湧《わ》き上がるパワーを、どこかに有効利用出来ないものだろうか。また今年も卑小な笑いを糧にして生きて行こうとしているのか。でも、笑う門には福来たるって言うしな。今年も開き直って、しみじみ笑って行こう。笑わないと嫌な顔になっちゃう。特に、私くらいの年齢だと笑う人と笑わない人の顔の出来の違いは顕著である。この場合の笑いとは、心からの笑いということである。そこには、自分と他人との比較がない。インディヴィジュアルな笑いでなくてはならない。そういう笑いを日常にしている人は、見れば、すぐに解る。ほかほかした顔をしている。常々、私は、不幸から自分を救うのはユーモアであると言っているのだが、その術を習得している顔である。私も、いつか、その境地に行ければなあと切に願う。そうしたら、どんなメイクをするより綺麗《きれい》になれるような気がする。ポンちゃんにとって、二〇〇四年の笑いとは、make me feel some raptures from the bottom of my heart. あさぼらけ、目からちょろぎが出るよな寒い日はさるもももひきを重ねばき。

（歌人デビュー作）

お誕生日にたたりなし？

今日は、私の誕生日。それなのに、またもやこの原稿を書いている。ここのところ、毎年そうだ。二月だけは小説新潮の発売日を遅らせてもらえないかしら。同じ八日に生まれた船戸与一先生もそう思ってらっしゃると思うの……って、あのおっちゃんは、どうやって誕生日をやり過ごしているんだろうか。荻窪の瀟洒《しょうしゃ》なマンションで青汁（冷蔵庫に並んでるのを見た）のグラスをひとり傾けて祝っているのだろうか。今夜、男子三名が、私の誕生日を祝ってくれる予定だが、色気のまったくないただの飲み会になるのは必至である。まあ、この年齢《とし》になって祝うも何もないんだけどさ、もう二十六だし（毎年言ってる。二十六ってのは、私がデビューした年。気分は、毎年どど新人さ）。

そう言えば、今年は、芥川賞で最年少受賞者が出たので、その報道も華やかだった。良いことだ（選考委員なのに他人事みたいだけど）。しかし。某女性週刊誌をコンビニで立ち読みしていたら恐ろしいものを見つけてしまった。グラビアで、過去の芥川賞直木賞の受賞者の記者会見の様子を特集していたのだ。そこには、真っ黒に日灼《ひや》けして、白っぽい口紅を部厚く塗り、ループイヤリング付けて逆毛を立てた異様な受賞者の姿が。どこの部族？　誰だよ、この女……って、私だよ――。わははははは、シスターになり切っちゃってるよ、すげー、おもしれー。こういう時、昔は、やんちゃやってまして、と殊勝になるべきなんだろうけど、仕様がないじゃん、これも私さ、と開き直る。やりたかったのは、ティナ・ターナーだったのか、ダイアナ・ロス（シュープリームス時代の）だったのかは忘れたけど、あれを見ていただければ、数年前に棲息していたガングロとかヤマンバとか呼ばれた渋谷のギャルたちを、私が決して非難出来なかった理由がお解りいただけるかと思う。ここで、はっきりと宣言させてもらうわ。わたくしが、元祖よ!!　でも、世間から顰蹙《ひんしゅく》を買いまくった受賞作ということなら村上龍さまに元祖の地位を譲るわ。あ、そのまた元祖に東京都知事もいらしたわね。今、このお二人と芥川賞の選考を御一緒させていただいてるなんて、うーん、ちんぴら冥利《みょうり》に尽きるわ。なんか、日本文学って、とんでもないことになってる？　私がオー・マイ・ガッドな出立ちで受賞会見に臨んでた時、今回の受賞者の方々は、まだ赤ちゃんだったのだ。ひゃー、光陰、矢の如し。なのに、私は、いまだに飲んだくれて、馬鹿みたいなことやっているよ。この間も、ひと晩じゅう新宿のゲイバーで暴れて、フルで朝焼肉して、翌日、にんにく臭いと男の子に遠ざけられてたよ。もう四十五……じゃなかった、二十六なのに（しつこいですね、すいません）。

しかし、明け方の焼肉はおいしい。こんな時間なのに、どうしてここまで混むかと思う程、二丁目の焼肉屋はにぎわっている。昔、しばらくの間ヴェジタリアンやってた反動か、私は、今、とってもお肉好き。ニューヨークの病とも呼ぶべき、ラクトヴェジタリアン（乳製品だけはOKの菜食主義者）やってた私に、あるアメリカ人が尋ねた。動物愛護と菜食を掲げたヒットラーの狂信とマティーニと葉巻とプライムリブを愛したチャーチルの業績のどちらを選ぶ？　なるほど、うまいこと言うなあ。そういや、知り合いのヴェジタリアンって、皆、あまり性格良くないよなあ、と思った。ストリクト過ぎるのである。自分に厳しいのは良いのだが、他人にも同じことを要求するのである。人が肉を食べている横で、肉の害について説教するのである。なんだかなあ、と思っていた私は、あっさり挫折《ざせつ》して、今は、肉も魚も野菜もたっぷり食べる（食べ過ぎてるが）。あまりにも、クリーンな人々の間で、私は、メイク　マイセルフ　アット　ホーム、という訳には行かないのであった。そのことをしばらく忘れていた。ワイルドスタイルが信条であった筈《はず》なのに。ヴェジタリアンに傾倒した時、たぶん、私の周囲の人たちは、あまり居心地が良くなかっただろう、と反省している。もっとも、ニューヨークにいる男友達のように、菜食で煙草も酒もやらないが、他人の嗜好《しこう》はリスペクトする、という出来た人もいる。彼といる場合にはくつろげる。何事も押しつけがましいのは、よろしくないということだろう（私の小説を押しつけがましいと言った批評家がいたけど、別にあんたに押しつけてる訳じゃないんで、私のことなんか見捨てて下さい）。

ところで、元気ですかーっ……て唐突？　何ヵ月か前に、私とパリのゲイの親友に、一度、便器になって汚されてみれば良い、と陰口を叩《たた》かれている若者の話を書いた。この間、その彼から事務的な小包が届いたので開いてみたら、手紙が入っていた。その書き出しは。

「便器ですかーっ!!（猪木の口真似で）」

……開き直っちゃったみたいだ。まあ、ねえ、開き直ると人生楽になるけどねえ、でも、それって大人の特権なのよね。若いもんには、もっといじけて卑屈になってもらわないとねえ。脳天気のスキルは、そこをくぐり抜けてこそ体得出来るのであーる。けもの道通んなきゃ駄目。トンネルを抜けてこそ雪国があるのよ。そうでしょっ、康成！と、その開き直った奴《やつ》と、他男友達二名、私の合計四名で伊豆の温泉に行って来ました。酔っ払って伊豆の踊子になろーっと。湯河原だけど。

宿泊するのは、余計なサービスのまったくない、シンプルな、けれども洗練された宿。そこで、静かにほとぼりを冷まし（何のだか解んないけど）、日本文学の行く末を憂え、人間の不条理について語り合う予定であった……のであるが。着いた途端に、もう焼酎のボトルを頼んで、暗くなる前に出来上がっていたよ。仕方ねえな。我々は、落人《おちうど》でも、小林秀雄でも、アルベール・カミュでもないからな。美味なる料理と酒と発展性の欠片《かけら》もない会話さえあれば御満悦。他愛もない冗談の応酬で夜は更けて行く。ひとりは、この時とばかりにおやじぶりを発揮していた。ねえ、なんで、そんなにおやじっぽいの？　と私に何度も言われて、しまいには、仕様がないだろ、おやじなんだから！　と逆切れしていた。そんな筈ないでしょ、私と同い年なんだから、まだ、二十六でしょっ（すいません、またしつこくて）。この人、黙ってりゃ檀一雄なんだが。

檀一雄先生！　今月、届いたばかりの文芸誌を読んでいたら、川上弘美さんと江國香織さんが対談していた。そこで、一年に一度必ず読み返す本として、川上さんが『モンテ・クリスト伯』、江國さんが『細雪』をあげていて、唸《うな》った。かっちょいい。私なんて根気ないから、あんな長い作品、毎年なんて、とっても読めないもんなあ。

私の一年に一度、どころか二、三ヵ月に一遍読み返す本は『檀流クッキング』（中公文庫）である。料理好きで、あれをバイブルにしている人は少なくないと思うけど、私は、あの文体が大好き。あの何とも言えない命令口調。人から命令されるのが嫌いな私だけど、檀先生にされたら「はいっ!!」っと良いお返事をしたくなる。

「（前略）〜というようなことを勿体《もつたい》ぶって申し述べる先生方のいうことを、一切聞くな。檀のいうことを聞け」

なあんて言われたら、聞かずにはいられないじゃありませんか。

「（前略）〜温かいうちに、手で摑《つか》みながら、たらふく、手羽先を食べてみるがよい」

そう諭《さと》されたら、たらふく食べなきゃと思ってしまうではありませんか。

太宰治との思い出を綴った章がある。

「六月十九日は桜桃忌である。

鬱陶《うつとう》しい梅雨と湿気。サクランボは果物屋の店先に光っているが、お世辞にも、いい時候だなどといえたものじゃない。太宰治でなくったって、ドブ泥の水の中にはまり込んでしまいたくなる」

なるほど。うちの近所のドブ泥ですね。彼の随筆には、太宰が時々顔を出す。それは、一般的なイメージよりも、ずい分明るく、私は何だか嬉《うれ》しくなるのである。治と一雄って仲良しだったのね。あー、飲んだくれてたこの二人にお酌《しゃく》をしてみたかった。返杯ならいくらでも受けますとも。しかし、親孝行したい時には親はなし。酌をしたい時には文豪はなし。おまえは酌婦か!?　とか言われちゃいそうだけど、そうなんですよ。私の酌婦歴って長いんですよ。今でも、自分のお酒が空になった時、先に相手にお酌して、控え目にお替わりを催促したりするんですよ。でも、自分のグラスが満たされてる時は、他人へのお酌なんて、あらかじめ拒否しているんですよ。酌婦の風上にも置けませんね。

さて、全員が自身のための酌婦（夫？）と化した私たち四人組は、帰りのロマンスカーでも宴会を始めていた。うう、こんなところにもメビウスの輪が。まったく、節度なし。社用だろうと思われる乗客の多い中、私たちに、情状酌量の余地、これも、まったくなし。

それにしても、乗るたびに思うのだが、ロマンスカーって、すごいネーミングだ。ロマンスを運ぶ列車？　私たちのどこにロマンスが？　実家の方に、ロマンチック街道という道路があるのだが、これに匹敵するような気がする。世の中には、このセンスってどうなの？　と首を傾《かし》げたくなるようなネーミングが点在している。キラー通り、とか、スペイン坂とか。お洒落《しゃれ》感出そうとしてる名前って、どうも、私にはださく思える。あとフェミニン感ね。こじゃれたレストランやカフェのメニューにも、時々そういうのがあって力が抜ける。ストロベリーと何とかのマリアージュ、とかさ。何とかの冬眠からめざめたプーさんのはちみつがけ、とかさ。えーい、ついでに、五月の風をゼリーにして持って来ーい!!（意味なし、許してくれ、道造よ）

今回の温泉旅行で驚いた。どうして土産物屋では、地元のものでなく九州で作られた干物を並べているのだろう。しかも、地元名物と言わんばかりに。私たちの立ち寄った店など九割がそうだった。そうする意味ってあまりないんじゃないのか。だったら、東京で、地方の物産展とか行った方が、まったくましだ。海の側の町で、遠く離れた海辺で獲《と》れて空輸された冷凍の干物を売っている。まったく意味が解らない。日本の塩で、実は、外国産のものがいくつかあるけど、意味は、まったく違う。製造の手間は日本でかけられるからだ。柴田書店から出ている、『The SALT Book』という本があって、塩コレクターの私なんかには、とっても興味深い。そう、私は、塩マニア。もう百種類ぐらい集まってるよ。そのために、専用のクロゼットがあるくらいだ。一生かかっても、たぶん使い切れないだろう。外国に行く友人には、お土産に必ず塩を買って来てもらう。もちろんケミカルではないものだ。前に、島田雅彦なんかと一緒にロシアに行った時、プレスの前でスピーチをした。その時、私は世界じゅうの塩を集めています、と言ったら会場がざわめいた。笑っている人もいた。そんなに変かな。国によって、場所によって、塩の味は全然違う、そういう違いみたいなものを味わって帰りたい、と続けた。後のパーティで、すごく興味深い話だった、と言ってくれた人がいた。塩の味って、本当に違うの？　と尋ねて来る人もいた。違うさー。料理好きなら皆、知ってることだよ。でも、甘いもの嫌いの私は、砂糖の味については全然解らない。一応、黒砂糖と和三盆を使い分けてはいるけどね。それと、はちみつ。豚の角煮なんかには、やはりこれでしょう。この間、飲み残しのシャトー・ディケムを使って甘くするという暴挙に出たが、おいしかったなー。ま、当然か。フレンチな豚の角煮になったことです。

ここで何故《なぜ》か日付けは変わる。……何故かって……原稿放り出して、遊びに行っちゃったくせに。だって、お誕生日なんですもん。祝ってくれるという男子三人の待つ西荻窪の駅まで急ぐ。三人共、しめし合わせたのか、前に私がプレゼントしたコートを着ていて、嬉しくなった。グッチにグローヴァーオールにポール・スミス。私は、男の子にお洋服を買ってあげるのが大好きだ。恋人じゃないと、なお良い。さ、後のことは他の女にまかせましょっと思えて気楽だし、それでも、私の好みを押し付けてるので、一緒に歩くのが楽しい。そのコート素敵じゃーん？　どうしたの？　さる高貴なお方にいただきました。まー、ほほほほほ……と馬鹿な会話もお約束。彼らは、お金を出し合って、ものすごくキュートなラジオをプレゼントしてくれた。エルメスみたいなオレンジの革張り。バッグのような取っ手が付いていて持ち歩ける。センス良い。それ聴いて、世の中と接点持ちなさいよ、とのことだ。ヤッホー、TVのない我家だが、これで社会参加出来るって訳ね。私は、来たるべきヴァレンタインズ　デイに備えてチョコレートをあげた。少なくとも、一個はもらえた、とほっとしてた奴もいたが、こらっ、私ごときにチョコもらって喜んじゃいかんよ。そして、気付いたら、朝。途中、私の膝枕で寝てしまう者、二名。しかし、復活して、またもや飲み直してた。

私の周囲の人々って、ほんと、よく飲み、よく食べる。そして、よく喋《しゃべ》る。諸君、今年一年も、この調子で、せちがらい世の中を生きて行くざんすよ、と解散し、今、原稿用紙を前にあおざめているのである。あー、飲み過ぎのたたり。たたりじゃー!! って、知ってますか。今、私がはまっているのは、犬木加奈子のホラー漫画「不思議のたたりちゃん」。苛《いじ》められっ子の神野多々里《かみのたたり》ちゃんは、生まれながらにして、たたりの神様に守られている。人々の苛めに優しい心で耐えているのだが、限界に達した時に叫ぶ。たたりじゃー!! すると、苛めっ子は神のたたりに遭《あ》うのである。椅子《いす》取りゲームで苛めた子は椅子になっちゃうし、トイレで苛めた子は、トイレットペーパーになって、人のお尻を拭《ふ》き続ける破目になる。これが、怖いというより、何とも笑いを誘うんだよね。その昔、苛められっ子だった私は、あー、たたりの神様が欲しかった、とつくづく恨めしい。ちなみに、お母さんの名前は、神野伊香里《いかり》。ちょっと日野日出志入ってる絵柄が、不気味かわいい。総集編で復、刻して、コンビニで売ってるよ。

　と、ここまで書いたら、実家から電話があり、一日遅れで、おめでとうと言われる。四十歳ぐらいになったんだっけと言う父に、二十六です！　ときっぱり言う。お姉ちゃん、また二十六だってーと母に告げる声がする。あー、ほーんと年取んないわねーと真面目に答えてる母。変。ポンちゃんにとって誕生日とは、make my favorite age any-time I feel cool. 誤魔化しのたたりで私は何になる？　便器ですかーっ。

春先のちょっぴり考察

久し振りに、アメリカに住んでいる夫のC・D(仮名)から電話がかかって来た。近頃の私たち夫婦のやり取りは、こう始まる。


「ユー スティル アラーイヴ?」

「イエース、アイ スティル アライヴ、ユー スティル アラーイヴ?」

「イエース、アイ スティル アライヴ」

「オッオー!!」


まだ生きてる? うん、まだ生きてるよ、まだ生きてる? うん、まだ生きてるよ、と確認した後の「オッオー!!」は、最初にアクセントを置いて発音する。すると、「あれまー!!」とか、「なんてこったい」というようなニュアンスになるのである。ちぇ、まだ生きてんのかよ、みたいな、ふざけた言い回し。その後、共犯者めいたくすくす笑いを同時に洩《も》らす。こういうかけ合いが出来るということは、お互いに、平穏無事というしるしなので安心するのである。夫の両親に言わせると、私たちのような夫婦形態は信じがたいものらしいが、今のところ、これが私たちの親愛のあり方、と思う。私は基本的に、恋人とは、いつもくっ付いていたいタイプ。周囲を辟易《へきえき》させるくらい、はた迷惑に甘ーい雰囲気をかもし出したいと思い、つき合う男たちに実行しては嫌がられて来た。夫ってもんは、彼氏とは違うんだなーと学べたのは結婚生活の効用のような気がする。周囲のアメリカ人カップルは、それを効用だなんて思わないから、愛がなくなったと言ってすぐに離婚する。こいつら義務でいちゃついてるな、と周囲がぴんと来た時には、もう関係は末期に近付いている。ぼくたちは、日本式を選んだのかな、と夫は言う。短絡的な考えではあるが、必ずしもはずれていないと思う。嫌いな日本におけるファジーな作法を、こと結婚生活においては、私も、ちゃっかり利用している訳である。熱くない、けれども、ひたひたとあったかい、という心持ちで。

夫は、私が教えた「ふるさとは遠きにありて思うもの」という言葉をいたく気に入ったそうな（ただし、I can love my home town, because I'm not there. という私による超訳を、だが）。私たちは、これを自分たちの結婚生活に当てはめてみる。そして、感傷的な気分になる……と思ったら大間違いで、いまだにバッドキッズな私たち。色々と言い替えてふざける。納豆は遠きにありて食べたいもの（C・D〘仮名〙）。教会は遠きにありて行きたいもの（私）。カラオケは南部にないから歌いたいもの（C・D〘仮名〙）。グリッツは日本にあるから愛せるもの（私）。などなど。ちなみにグリッツとは、南部の朝ごはんに食されるとうもろこしの粉を煮たもので、げろに似ている。ひとしきり例を挙げたところで、二人、沈黙。そして爆笑。全然おかしくなーい、とか言いながら。うーん、私たちって、どうしてシリアスになれないのだろう。深刻な話など、これっぽっちもすることなく、グラミー賞の話などをして電話を切る。ビヨンセに首ったけなんだそうだ。私としては、ジェイーZと出来てるってことが気に食わない。彼女が魅力的なのは認めるけれど……って、奇跡だよなー、あの容姿。彼女見てると、ジャネット・ジャクソンが、すごーく古臭く感じられる。乳首出してるし（御存じない方のために言うと、スーパーボウルのハーフタイムショーの時に、乳首をさらけ出して大問題になったのです。アクシデントと最初は言い訳したものの、その乳首には、星形のジュエリーが貼ってあったので、見せようとしたのは歴然）。何考えてんのかなあ、公共の電波で。アメリカは、自分でお金払って観るものに関しては寛容だが、そうでないものには厳しい。自分のコンサートでやれば良かったのに。もしくは、ペイTVで、とか。私は、道徳的配慮なんて、まったく興味はないが、わざわざあそこでやるとこが、ださいと思っちゃう。あんたは、リル・キムじゃないんだから。

ちなみに、リル・キムというのは、自らをビッチの中のビッチと呼ぶ過激なフィメイル ラッパーである。ニューヨークに住んでる夫の従弟《いとこ》(ミュージシャン)の周囲には、あの手がうようよいて、強気の私も引いてしまう。しかし、案外、情に厚くて親切なのも彼女たちなのである。エスプレッソバーですかしてる姉ちゃんたちよりは、ずっと親しみやすい。

乳首に付ける、と言えば、ニプレスというのが昔あったが、今でも存在しているのだろうか。ノーブラの時に乳首だけ隠すシールみたいなやつ。ヌーブラの台頭で消えてしまったようだが。あれって、ほんとに貧乏臭い代物だったよなー。往生際悪いっていうか。第一、服脱がされた時、どうやって対処するんだ。ピップエレキバンの方が全然ましじゃん、てなことをピーコさんに言ったら、まあ乳首こってるのね、と返された。いや、だから、そういう問題じゃなくて。でも、その意味では、ヌーブラも一緒か。脱がせた時に、どこから取り掛って良いのか解らない男性諸君も多いことであろう。まあ、私が心配することじゃないけど。

そう言えば、知り合いのゲイの男の子で、股間に詰め物をしていた人がいたけど、あれもどうなんだろう。ジッパー下ろした時、ばれたら気まずくないんだろうか。アメリカンフットボールの選手が付けているようなプラスティックのプロテクターの場合もあったみたいだけど、そんな見栄張ってどうする。問題は、膨張率ではないのか。よく男同士で温泉とか行って、あいつのはすごかったなんて言ってる奴がいるけど、ちっちっちっ、解ってねえな、男って奴は。大事なのは使用時でしょう。もっとも、サイズを問題視する女なんて、そんなに多くない。まあ、JISマークも付けられないのは問題外だが。などと考えていたら、パリのこれまたゲイの友人が電話をかけて来たので、私の考察を述べる。すると彼は言う。サイズはどうでも、男は美貌《びぼう》よ、美貌!! デブ専や汚れ専なんて考えられなーいと、美しい男娼とのラブアフェアについて話し出すのであった。なるほど。私は、どちらかというと、少々、汚れ専入ってるかもなー。いわゆる美形の人気俳優とか、なーんの興味もないもんなあ。性的な醜男ってのが理想なんだが。あ、唐突に思い出したけど、私の年下の女友達で、理想は「またぎ」と、きっぱり言う奴がいる。……猟師好きなのか? 私は、どっちかと言えば、漁師の方がいいなあ。東北地方の山とか寒そうじゃん。まあ、日本海も寒そうだけど。どちらにしても、抱き合って温め合えばすむことよね。言っても詮《せん》ないことだけど。

男の好みは、さまざまだ、とゲイや女の子の友人たちと話していてつくづく思う。

ひとりの子は、その理想に現実感が伴わず、恋人いない歴をどんどん更新している。渡辺謙ならつき合っても良いとか言ってたけど……あんたねえ……と、私はぶち切れそうになるのだが、やっぱり友達だしなあ。そうだ、渡辺謙に似ていると噂《うわさ》の吉田修一くんを紹介してあげよう。彼に「ラスト・サムライ」よろしく甲冑《かっちゅう》着て走ってもらえば良いんじゃないのか？　でも、何故《なにゆえ》に、作家が甲冑を？　そりゃもちろん編集者から身を守るためであろう。どうかね、吉田くん、私と一緒に甲冑に身を包んでみないか。えーい、矢でも鉄砲でも、締切りでも持って来ーいって気分になれるよ（想像したら笑えて来た。吉田くん、ごめん）。

　私の好きな男の条件と言えば、勘が良いことや、私に対してだけ性的であること、飲み食いを愛していること、心がほかほかしていることなど色々あるが、絶対に外せないのは、ちょっぴり情けないってこと。うんと情けないのは困るが、とほほの部分がないと好きになれない。ちょっぴりって言葉、私には欠かせない。ちょっぴりくよくよしてる風情なんかにもそそられる。ちょっぴり気弱っていうのもいいな。そう、ちょっぴりの後には、マッチョと対極にある言葉が来て欲しい。ちょっぴりセックスが上手《うま》い、なんてのは却下である。この場合は〈うんと〉であるべきだろう。〈うんと〉と〈ちょっぴり〉の微妙な配分が、私の好きな人を形作っている。うんと私を守ってくれてるのに、ちょっぴりへなちょこだったりすると、ぐっと来る。

私の男友達に長いこと憧《あこが》れの女性がいた。完璧《かんぺき》と思えたその人が、ある時、パンツのベルト通しのループをひとつ抜かして締めているのを見た時、憧れに加えて性的な欲望が加わったという。解る気がする。知り合いのアメリカ人の女の子が、片想いし続けたハーバード大卒のミスター　パーフェクトと入ったカフェにて、彼が恥しそうに、ぼくの代わりにバナナスプリット（パフェみたいなスウィーツ）を頼んでくれないかと言った時、彼女は、絶対にこの男をものにしてやる、と思ったそうだ。私は、七歳の頃から一緒に寝ているコロちゃんという熊の縫いぐるみを持っているが、それの片耳が取れてしまった時、以前にも増していとおしく思ったものだ。今では両耳が取れて、何という動物なのか、さっぱり解らなくなっている。ぼろぼろの一休さんって感じで、ものすごく不気味。男が来た時はクロゼットに放り込んでいた。これはもう、〈ちょっぴり〉ではなくて〈うんと〉の部類だろう。それにしても、この年齢になって、まだ縫いぐるみと寝てる私って、〈うんと〉怖いよね。

恐ろしいと言えば、うんと恐ろしくて愉快な本を読んだ。それは、ローレン・ワイズバーガーの『プラダを着た悪魔』（佐竹史子訳、早川書房刊）。世界的に有名なファッション雑誌の編集長のアシスタントになった女の子が、死ぬほどこき使われるというストーリー。モードに関する固有名詞が洪水のように溢《あふ》れているので、ファッションに興味のない人には読み通すのはつらいかもしれない。でも、お洋服好きだったら、おもしろくて一気読みしてしまうのでは？　女帝のような編集長の傍若無人さ、人使いの荒さを主人公が、ぶち切れる寸前で乗り越えて行く。思わず応援したくなるようなガールパワー。そして、ニューヨークを愛している人なら、街の隅々まで目に浮かぶのではないか。ああ、ニューヨーク。ヘビースモーカーが生きて行けなくなった街（主人公は、それでも、がんがんに吸っているが）。バーやカフェで煙草が吸えない街なんて。分煙すりゃすむことじゃないか。クリーンになり過ぎた場所なんて、ちっともおもしろくない。ポール・オースターの「スモーク」のおっちゃんたちは、どこに行ってしまったのだろう。私の好きなニューヨーカーは、エグゼクティヴの健康おたくでも、最新を追いかけ続けるファッションヴィクティムでもなかった筈《はず》なのに。その点、この主人公は、私の好みに合う。モードな連中に悪態をつきながら、高脂肪のスープを啜《すす》り、でも、どんどんその世界にはまって行く。飲んだくれてる親友や普通の男の子の彼氏とのギャップが、ちょっぴりせつない。そうだよなあ。ニューヨークって、新しいものに目がない人々と、あるがままの自分にこだわる人々が両極端に存在している。中庸《ちゅうよう》がないって感じ。マクドナルドに、ヴェジタリアンバーガーとビッグマックが並んでるんだものね。どっちかを食べる人は、どっちかを絶対に食べない。ＧＡＰもプラダも両方着る人なんていない（いてもシャロン・ストーンみたいに外す）。この主人公のアンドレアも、ＧＡＰを着ていたら、編集部の人に勝手に高級ブランドをコーディネイトされてる。両方ありのミスマッチが楽しいのになあ。それこそ、〈うんと〉と〈ちょっぴり〉の融合みたいで。日本のファッション雑誌もそうだよなあ。読者をきっちり分けて画一的。ある種の雑誌なんて、こーんな無難なスタイルをなんでわざわざ提案してるんだろう、と思う。ま、ファッション雑誌で仕事してる私に言えることじゃないんだけどさ。近頃の私は、いつもボーダーのＴシャツに古びたジーンズ。手抜きなのに、セント・ジェームスにリーヴァイスと来たら、ピカソよ！　ゴルチエよ！　と開き直っているのだが。こんな私は、いわゆるきちんとしたお出かけファッションというのが、とっても苦手。スーツなんか着るとコスプレしているような気分になる。一見秘書風、実は鞄の中にムチとローソク、このハイヒールは踏みつけるためにあるのよ！　みたいな。唐突に思い出したが、昔、六本木で一緒に遊び回っていた女友達のボーイフレンドは、ハイヒールに対してフェティッシュな趣味を持っていた。しかも、オープントウのサンダルでなくてはならない。爪先から出た彼女の足の指を舐《な》めるためだ。事に及ぶ時、素っ裸なのにサンダル履いたままでいなきゃいけないんだよー、と彼女は、まんざら嫌そうでもなく語っていたっけ。うーむ、と私は、自分のごついコンバットブーツを見詰めたものだ。また、ある男性は、自分は、肌色ストッキングフェチだと言った。しかも、伝線してればなお良いそうな。うーむ、とここでも、私は自分の素足を見てしまうのであった。色々な趣味があるものだ。ある晩、ゲイの男の子の部屋にお泊まりした時、彼がジーンズの下に人知れず黒のパンティストッキングを穿《は》いているのを、着替えの最中に目撃した。これ穿いてると、一日じゅうセクシーな気分でいられるのー、だって!? 劣情をそそるアイテムは人それぞれ。ちなみに私は、パンストも苦手。私って、もしかして、そそられない女? ちょっぴり悲しい。でも、そのちょっぴり悲しい風情に、誰かそそられてくれないだろうか。うんと悲しい訳じゃないから負荷は小さいと思うの。

負荷のでっかい女だなあ、と思うのは、TV化で再びブームになった『エースをねらえ！』の岡ひろみだ。久々に読み返してみると、この子ったら、皆に重荷を背負わせているよ。昔の熱いタイプの漫画って今、読み返すと、相当へんてこでおもしろい。お蝶夫人のファッションなんてすご過ぎる。マフとかしてるんだよ。マフ。あの寒い時に手を温めるための毛皮の筒みたいなやつ。昔のロシアの人がしてたようなあれね。お蝶夫人、このままトルストイの小説とかに出られるんじゃないのか。寝る時にカーラー巻かないで、あの巻き髪保ってるし。あんまりおもしろ過ぎるので、遊びに来た男友達に読ませたら、やはり、夢中になってた。そして、読み終えた後に言った。

「ここで終わられたら困る！　ウィンブルドンの結果を知りたい」

結末は、ひとりだけ選ばれた岡ひろみがイギリスに旅立つところで終わってるのだが、困るったってねえ。そう言うと、彼は続けた。

「おまえが続き書け」

その手があったか……って、冗談じゃねえよ。トルストイの登場人物、私の小説に出してどうする。ばちあたりな……でも、ちょっぴりそそられるかも。ポンちゃんのちょっぴり加減は Cute implications catch my attention. 甲冑を着て走るのよ!! ひろみ、よろしくって！

お花見に言葉復活

この間、男友達と西荻窪のドラッグストアに入って買い物をしていたら、彼が、おおっ！　と声を上げげた。何々？　と側に行く私。そこには、植物性の便秘薬が積み上げてあった。ドラッグストアだから当然なのだが、彼が問題視したのは、そこにさしてあった広告の紙。書店の平積みの本のところにさしてあるポップの拡大版のようなそれに書かれていたのは。

「うんち　どっさり」

……!!　買う？　買っちゃう？　と胸をときめかせた私の心中を知ってか、友人は大声で叫んだ。

「エイミー!!　おまえのうんち問題、これで解決出来んじゃん!!　買えよー」

あ、これっ、他のお客さんの前で。恥しくなってくらくらと倒れ掛る私。今度は、そこにダイエットサプリメントのコーナーがあり、目に入った商品名が。

「油どっかん」

ああーっ、どれもこれも文学を凌駕《りようが》した迫力ではないか。油どっかん、故に、うんちどっさりなのか。これ飲んだら、ほんと、体の中が空っぽになりそうだ。文学的に表現すれば、完璧《かんぺき》なる解放と自由、そして生まれ出《い》づる大いなるものたちよ、ってな感じか（うー、私、才能なーい）。打ちのめされる私。そんな私に友人は追い打ちをかける。買うのか買わないのかはっきりしろよー。えーい、買います！　買いますとも！

そして、今、その便秘薬の箱は家にある。予想に反して効き目はゆるやかで、どっさりという訳には行かないが、おなかが痛くなるような副作用もない、穏やかなお薬である。おなかを痛めた子の方が可愛《かわい》いという説もあるが、まあ、しばらく愛用してみようと思う。

相変わらず、私の周囲では大人《おとな》気《げ》なく、うんちに関する話題で持ちきりである。みっちゃんみちみちうんこたれてー、とかトイレから出て来て歌われてる人（この熱ポン）でいつも宣伝してるのに一向に効を奏さない西荻の暇なジャズバー、Konitz の主人）もいる。彼は、そう歌われた時、その続きを歌えるもんなら歌ってみろと開き直った。一瞬、言葉に詰まる私たち。すると、得意気に歌い出すではないか。

「紙がないから手で拭《ふ》いてー、もったいないから食べちゃったー。どうだ、知らなかっただろう」

……知らないっていうか、やばいよ、そいつ。病院行った方が良くないか？　私たちの不穏な表情を知ってか知らずか、かかかと哄笑《こうしょう》していたみっちゃん。ここまで開き直るのに、どれ程の時間を要したことだろう。彼の心の軌跡を思うとこちらも胸が痛くなる。世の中のみっちゃんと呼ばれた人たちって、皆、これ歌われて来たんだろうなあ。しかし、大人になっても歌われてるのって彼だけだろうなあ（ちなみに彼の名は道也）。そんな私たちの思いなど寄せ付けず、彼は続ける。

「おれはなー、小学校の頃、サンドウィッチマンと呼ばれた男なんだぞー」

教室でうんちをもらしてしまい、それがお尻《しり》にはさまっていたので、そういう渾名《あだな》が付いたそうな。

「でも、そう呼んだ奴は、全員ぶちのめしてやったぜー、かかかかか（再び哄笑）」

はー、お見それしました。もう意地悪しません……ていうか、私たち、この年齢になって何やってるんだか。そういや、今思い出したが、ある時、夫が言った。

「バスルーム（トイレのこと）行くの、ぼく先だからねー」

で、私も行きたかったのだが我慢した。しかし、新聞読んでて一向に行く気配がない。

「ちょっとー、バスルーム行くって言ったのに、どうしたの？」

苛立《いらだ》つ私に向かって、彼は、にっこり微笑《ほほえ》んでひと言。

「ベイキング」

BAKING!? や、焼いているのか!? そして、まだ焼き上がっていないのか!? しかし、いったい何を？ きみの腸はオーヴンなのか？ それともベイカリーなのか？ 困惑する私を尻目に、彼は、チーン！ と言いながらトイレに入って行った。電子レンジだったのか？

この間、遊びに来た姪《めい》のかなに、おなかがごろごろ鳴ってるよー、うんちのために腸が働いてるんだねー、と言ったら、時給いくら？ とあっさり尋ね返された。以来、便秘気味になると、エイミー、時給上げてやんなきゃ駄目じゃんと言われている。

そう、この間、春休みを利用して、姪のかなと恵紗《けいさ》が遊びに来た。まさに、台風という感じ。二人は、新学期から、高校生と中学生。共に、私よりも背が高く、私よりも足が大きい。二人共、ずいぶん成長したものだ。特に、かなは、大人と同じように話が出来て楽しい。目下の悩みは、自民党の山崎某の愛人と同姓同名だということらしい（ちなみに、かなの名には本当は子が付く）。私たちは、天気の良い日に、桜が満開の井の頭公園を散歩して、カフェでお茶を飲んだ。桜の木の下には死体が埋まってるんだよねーと、かな。うっそー、恐《こわ》ーい、と恵紗。そこで、ちょっとだけ文学者の振りをする私。こんなのどかな昼下がりも良いかもなー、とつくづく思うのであった。

「嘘《うそ》？」

「井の頭公園のボートに乗ったカップルって、別れる運命にあるんだってさー」

「本当だよー、ほら、あの人たちも、あの人たちも、幸せそうにしちゃってさ、いい気なもんだよね、すぐに別れるとも知らずにさ」

私の言葉に、かなは溜息《ためいき》をついた。

「エイミー、人の幸せを祈らなきゃ駄目だよ」

う……そうなの？

「でもさー、むかつくカップルも多いよね」

でしょう？　私たちの言うむかつくカップルとは、べたべたしている人たちのことではない。マナーを守らない奴らのことだ。花見の時期のこの公園のごみ捨て状況と来たら！　ごみの山の真ん中に入って分別している男の子たちを見て、あれ、ボランティアなのかなあ、だとしたら、うち、手伝って来る、と本当に行きそうになった、かな。常々思うのだが、授業で道徳の時間なんていらないと思う。そんなのは教えられる類のものじゃない。それより、公衆道徳の時間ってのを作ってくれないかな。マナーの時間でも良いんだけどさ。

この間、ひどいのを見たよ。吉祥寺の駅ビルに入ろうとしたら、私の前に若い恋人同士がいた。女の子の方は歩き煙草、そしてドアを開ける時、やーん煙草どうしよう、と言いながら、ドアの枠に煙草を押し付けて火を消し、ぽいっと捨てたのである。そして、男の子を見上げてにっこりと笑い、二人は腕を組んで中に入っていったのである。おい！　そこの男！　きみは、自分の女がそんなことをして平気なのか!?　驚きなのは、その女の子が、お嬢さま風ファッションだったことだ。いかにものビッチ系なら、まだ解るのだが(でも、意外とそういう子たちの方がマナーわきまえてたりするんだよね)。巻き髪に、ヴィトンのバッグに、ピンクのミュール（許しがたいことに白っぽいストッキングをはいてたが)、どこにでもいるOLさんって感じの地味な顔立ち。ねえ、似合わないよ、その行為。ねえってば!!　こういう時って殺意が湧《わ》いて来る。

電車の優先席の前にお年寄りが立ってるのに平気で座ってメール打ってる若い女もやだね(これも、お嬢さま系多し)。どんなに良いルックスでも、優先席に座る男なんて、私は絶対に嫌だけどな。まだ床に座ってる方が、ずっとましだと思う。でもなー、なんだって、こんな説教みたいなこと、私が書かなきゃなんないんだろ。そう、これは、散々、不道徳だと言われたデビュー当時の憎しみがまだ残っているからなのです。私は公衆道徳は、ちゃんと守って来たんだからねっ、と今も続いてるトラウマ。黒人と暮らしてた私は、その人たちにとっては不道徳だったのかもしれないけど、私がつき合って来た男で、年寄りに席を譲らなかった奴はひとりもいないんだから!!（ま、他に悪いことやっちゃった男はいましたが）物書きの習性なのか、私は過去の怒りをそのまま保存していて、時折取り出してみることがあるのである。もちろん、喜びも悲しみも、恥しさも……ああっ!!　と、ここで私は頭を抱えるのである。

と言うのも。このところ昼間、姪の相手をしていた私は、すっかり早寝になってしまった。そんな私とは逆に、修学旅行気分の彼女たちは、すっかり夜更《よふか》しの習慣が付いてしまったようだ。その日も、敷いた布団の上で語らう彼女たちの横で、早々に熟睡してしまった私。気付いたら、朝だった。いかんいかん、今日は燃えるごみの日だ、と思い出し、マンションの外のごみ捨て場に、ごみを出しに行ったのだが……。階下ですれ違う住人の方々が、皆、はっと息を呑むのである。そして、心なしか怯《おび》えたように挨拶《あいさつ》をする。何かなー？　寝起きって、そんなに変かなー、などと首を傾《かし》げながら部屋に戻った私。そして、玄関の鏡を見て、うおーっ、両頰に手を当てて、絶対にムンクの叫びになっていたと思うの。そこには、落書きし尽くされた私の顔が！瞼《まぶた》の上で大きな目が見開かれている。それらは太い睫毛《まつげ》に縁取られている。鼻の穴は二倍ぐらい拡大されて塗りつぶされている。そして、おでこには「肉」という文字が。誰？ これ、誰なの!? 私の脳裡《のうり》に、怯えたようにそそくさと立ち去った人々の姿が蘇《よみがえ》る。ああ、どんなに恐ろしかったことだろう。早朝から変なもの見て、どんな暗い一日を過ごすのだろう。ごめんなさーい!! と同時に、こらーっ、このクソガキがーっ!! って言うと、何だよ、モノカキがーっ、とか返されちゃうんだよね、ぐっすん。おまけに携帯電話で写真撮られてた。寝返り打ってもまばたきしないの、怖いよねー、だって。見ると、大きな目を見開いたまま眠りこけてる。ほんと、怖い。髭《ひげ》を描くのは、さすがにやり過ぎだと思って、うちらも遠慮したんだよ、だって。今さら、そんな思いやり持たれても遅い。姪にからかわれてしょんぼりしている私。どてかぼちゃな伯母。

どてかぼちゃ!! この間、話をしていた男友達が、私に言ったのである。ちょっとした言い合いになり、売り言葉に買い言葉状態に陥った時のことだ。言葉を探しあぐねた彼が、一瞬沈黙した後、発したこのフレーズ。思わず吹き出してしまった。おたんこなす同様、死に絶えた言葉だと思っていたのだが。土手に生《な》っている南瓜《かぼちゃ》？　ごろんとした感じが漂っているけど、正確にはどういう意味なんだろう。なかなかキュートな死語だ。許せる。私の内で復活させるにやぶさかではない。

言葉の小姑《こじゅうと》を自任する私は、常に死語や死んだフレーズに目を光らせ（耳を澄まし？）ているのだが、許せるものと許せないものの差はとてつもなく大きい。その価値基準が同じかどうかで、その人に共感を持てるか否かが決まってしまう。心の狭い奴と言われても結構。その通りだもん。だってさ。

この間、某文芸誌の巻頭を飾った長編小説を読んでいて呆気《あっけ》に取られた。某男性作家の自伝的小説なのだが、その中に主人公が童貞を捨てる場面がある。事が終わった後に女が言う。

「こんなの初めて」

……マジ？　マジなのである。ギャグで言っているのではなく、真底、真面目に書いているのである。うおーっ、今時、こんな場面って、何かのパロディの中にしかないと思っていた。男って奴は……。いや、一部の男と言っておこう。いいかね、一部の男性諸君、もしも、女があの後〈こんなの初めて〉なんて言っても、決してこれを真に受けたりしてはならない。お世辞である。演技である。セックスの場合以外に使われるのであれば、真実であると認めよう。しかし、終った直後にこうほざく女は、何回もの〈初めて〉を持っているのである。しかも、この主人公、それこそ初めて女と寝るんだよ？　天才？　きみは天才なのか？　もしかしたら、〈こんな〉の後に、〈つたないの〉とか、〈下手なの〉とか、〈早いの〉などが省略されていたとは思わないのか。つゆほども思わないんだろーなー、きっと。

また、別の男性作家の新刊を読んでいた時のことだ。主人公が妻の親友と関係を持ってしまうのだが、その時、女が着ているのが「アッパッパ」。アッパッパ？　ええーっ⁉　その言葉知ってるのって、私たちの世代でもあんまりいないんじゃないの？　これって、すとんとしたおばさんの着る部屋着のことよね。作者は、私と同世代。まわりに、アッパッパなんて着てる人、見たことないけどなー。っていうより、今、存在してるのか？　巣鴨の商店街とかに行けば見つかりそうだけど。年下の女友達に聞いたら、やはり知らなかった。ある種の男性作家って、時が止まってないか？　しかも、今、一番ださいとされている時点で。これが、うんと古い時に止められていれば、レトロな雰囲気が出るのだが。アッパッパ着ている女と官能的な行為に及べるって、もう、こうなったら脱帽である。〈こんなの初めて〉をすんなり受け入れるよりは、いっそ敬意に値するかも。だからと言って、キャミソールをキャミとか、ワンピースをワンピなんて書いちゃう作家もどうかと思うが（私たちより少し上の世代の男性作家に多い。無理すると、かっちょ悪いと思うんですけど）。

　言葉って、使いようだよなー。この間、私の家で、男友達が、空腹のあまりか口にいっぱい食べ物を詰め込んで、リスみたいにほっぺを膨らませて早食いをしていた。

「そんなに急いで食べることないじゃん」

その私の言葉に、遊びに来ていたかなが笑った。

「おはやめにお召し上がり下さいって袋に書いてあるんじゃない。はやいは、早っていう字じゃなくて、速度の速いだったりして」

　お速目にお召し上がり下さい？　うわ、そりゃ大変だー。速く、速く、がんばれ、スピードアップだ。そうはやし立てる私たちに何か反論しようとする彼だったが、口に詰め込み過ぎて目を白黒させるばかりであった。ただただ笑う私たち。こうやって、言葉を悪用して意地悪をするのである。

ところで、この間、卓球仲間とお花見をした。場所は、西荻窪の小さな公園。善福寺公園や井の頭公園と違い、花を愛《め》でて酒盛りをしていたのは私たちだけであった。風流ですなーとしみじみしていたのは最初だけ。次第に皆、ただの酔っ払いと化して行く。そんな時の会話もポンちゃんにとっては、great discovery of my multiple personality. 翌日、宿酔どっさり。こんなの初めて。（真実）

強風玉ねぎ注意報

　この間、実家に帰ったら、姪のかなが妙に悲し気な曲をピアノで弾いていた。聞くと、私のおとうとの墓参りで発見したのだと言う。どこかの家の墓石に墓碑銘代わりに楽譜が彫られていたので暗譜して来たんだそうだ。我家の夕食は、いつもだらだらと長く続き、食事がすんでも子供たち以外は席を立たず、いつまでも、お酒を飲んだり、お茶やデザートを楽しんだりしている。そんな時、かなは、側にあるピアノで皆のリクエストに応えるのだが……近頃、そのリクエスト曲に、墓場で見つけて来た曲を織り交ぜて演奏するのである。何となく、どよーんとしてしまう山田家の食卓。かなは弾きながら泣き真似をして、皆をうかがう。涙を拭《ふ》く演技をする者あり、露骨にうんざりする者あり。突然曲は明るいものに変わり、ほっとして頷《うなず》く人々。そして気を許していると、またあの悲しい曲に。再び、どよーん。えーい、どうせなら、皆でこの曲を愛する方向に持って行かないか！　そう思った私は、その曲のために作詞する。

愛する妻よ、永遠に
化けて出ないでくれ　お願いだ
きみの魂のうたは
山田家の食卓に降り注ぎ続ける
ほかほかごはんの上の
あたかも　ふりかけのごとく

我意を得たとばかりに弾き続けるかな。なんちゃってオペラのように朗々と歌い続ける私。気が付いたら食卓には誰もいなくなっていた。亡くなったのがどういう方なのかは不明だが、こんな場所で演奏されるとは（しかも、こんなにもふざけた調子で）、想像もしなかったことだろう。不謹慎だろうか。いいえ、ほがらかに遺志を継いだと信じたい。

私が死を茶化そうとするのは、自分が死んだ時にそうされたいからである。それは死への恐怖を打ち消したい気持から来ている。この間、文庫になった私の小説『姫君』のあとがきでも述べているのだが、私は、死ぬのがとても怖《こわ》い。死ぬこと自体はへっちゃらなのだが、後に残された何人かの人が確実に悲しむのを知っているので、それを想像すると本当に怖い、というか、嫌になっちゃう。私は、自惚《うぬぼ》れと言われるかもしれないけど、家族も含めて、何人かの人々に心から愛されている。そのことを思うと不自由だなあと感じる。でも、その不自由さが、人生を甘美にする原因のひとつでもある訳で。死は、人に完璧《かんぺき》な自由を与える。けれども、その直前の不自由が、私を悩ませ小説を書かせているのである。嫌味で冷酷なばあさんになって死ぬのが目標とあとがきに書いた。もしも、それが達成されたなら、後に残った皆さんは、笑いながら、酒の肴《さかな》に、失敗談をあげつらっていただきたいと思う。ええ、後で、化けて出て意地悪して差し上げますとも。ですから、今のうちに、文庫版『姫君』（文藝春秋刊）を買っといてちょうだいね。魔よけになるから。なんと解説は、若き芥川賞作家の金原ひとみちゃん、カバーの絵は、元ＳＰＥＥＤの新垣仁絵《あらかきひとえ》ちゃんによるものだ！　可愛娘《かわいこ》ちゃん二人に協力してもらえて、とっても幸せ。私が彼女たちの年齢《とし》に何をやっていたかを思い出すと、あー、ただのちゃちなちんぴらでした。なーんのヴィジョンもない馬鹿娘で、ただ赤坂、六本木と米軍基地界隈《かいわい》をふらついてただけ。でも、過去を振り返って、落ち込むのは止めよう。天然の旅情（by檀一雄）に身をまかせていただけですもの。今時の若いもんは、とはいつの時代でも言われることだが、彼女たち二人は、今時の若いもんの中でも、特に上等だと思う。品行方正にならないように、上等を保って欲しいもんだ。二人共、心根が綺麗《きれい》って感じがして羨《うらやま》しい。私？　私は、もう駄目ですぅ。どろどろで魚も棲《す》めませーん。それこそ、どよーん。ところで、「綺麗」と「キレイ」。この似て非なる言葉たちよ。近頃、女性ファッション誌で使われている言葉の何が嫌いかというと、この「キレイ」と「ビューティ」ってやつである。ちなみに、「キレイ」というのは、手間をかけてものにした女性の外見をさす名詞であり、「ビューティ」というのは、その際に使用される美容法全般をさす。

「週末は、ビューティにかまけて、あなたもキレイを手に入れちゃう」

と、こんなふうに使用する訳ですな（下手な例文で、すまんね）。素材が元々の美女であろうが、難ありであろうが関係ないのである。重要なのは、努力に値した効果を得ることが出来るかどうか。ええ、確かに努力は素晴しいものですとも。しかしなあ、これで勘違いして、美しくなったと思い込む女も多いんだよなあ。その自信の根拠は何？　と言いたくなるような。あなたは「キレイ」を手に入れたかもしんないけど、ちっとも「綺麗」じゃないよ、と言いたくなるような。まあ、小説書き始めると、お風呂にも入らなくなる私にゃ言われたくないだろうけど（しかし、今思ったが、小説家の分際で、「小説書き始めると」なんて書く私の怠惰《たいだ》さって、どうなの？）。どうも、私は、女性誌で仕事をしていながら、ある種の女性誌用語に拒否反応を示してしまう。ブランド物の商品を「ゲットする」なんて言い方も大嫌いだった。あ、レストラン紹介なんかで「もう行くしかないでしょ！」なんて書いてあるのもね。なんで行くしかないのだ？　などと素朴に思う。これは、ほとんど生理的な嫌悪に近いので、上手《うま》く説明することが出来ないのだが、こんなこと感じてるのって、私だけ？　嫌いな箇所で使われる片仮名ってのもある。「モテる」とか「カラダ」とか、うう、書いてるだけで頭が痛くなって来る。でも、毒食らわば皿までだーい。私も真似っ子してみるべ。

「週末は、ライティングにかまけて、私も、マジメを手に入れちゃう」

と、思ったけど、

「明日は、ドリンキングにかまけて、私も、フツカヨイを手に入れちゃう」

てなこと言ってたから、

「今日は、ディプレッションにかまけて、私も、ミジメを手に入れちゃう」

うっ、暗っ!!　私に、あの女性誌の前向きさは合わないことが判明した。それに比べて食べ物雑誌の見出しはいいね。『芋焼酎』豪快悠々」とか『チャーハン』直球勝負」とか「『餃子』は最強！」とか（これ全部、「dancyu」の特集）。どうだい、この力強さ、解りやすさ。ビューティ？　キレイ？　ふん、しゃらくさいったら……と、ここで、私は何故《なぜ》か、花より団子という言葉を思い出し、自分、女捨ててるかも、としゅんとなるのである。でもなあ、天然の旅情に食いもんは付きものだしなあ。三時間をかけて、ビューティとやらにかまけるのなら、三時間、パスタのラグーを煮込みたい私。鍋の様子をうかがうのは至上の楽しみである。豚の角煮なんかも良いね。我家の角煮には色々なバージョンがあるのだが、八丁味噌《みそ》と練り胡麻《ごま》で煮込むのは最高だよ。あ、ラグーには、挽《ひ》き肉の他にパンチェッタ（燻製《くんせい》にかけないイタリアのベーコン）を入れなきゃ駄目。味が全然違うのである……と、またもや話が食べ物の方向に。私は、食べ物に関するあらゆる事柄が好き。もちろん雑誌や本も。家のあちこちに置いてある。しかし、ある時、トイレにも置いてあるのを島田雅彦が見咎《みとが》めて言った。

「原因と結果、一緒にするなよー」

おっしゃる通り。撤去しました。結果、と言えば、前回、ドラッグストアで男友達と見つけた驚愕《きょうがく》の便秘薬の話をお伝えした。どうも、ここのところ、この熱ポンでは、下半身関係の話題が多いようで、少々反省している。しかし、諸君、熱ポンに訪れた肛門期として、しばし耐えてやってはくれないか。ちなみに大辞林（第二版）を開いてみると。

〔肛門期〕 精神分析で、小児性欲の発達段階の第二。排泄《はいせつ》など、肛門による快感をもっぱらとする時期。生後一八か月ぐらいから四歳頃までとされる。

と、ある。四歳？ うーん、この熱ポンは、もう十五、六年続いているのだが……まあ、良しとしよう。毎年、二十六のまま年齢《とし》を取らないわたくしですものね。

で、今回も下半身の話に関係してしまうのだが、実は、うちの前にも、大型のドラッグストアが、この間、オープンしたのである。どれどれ、ちょっと覗《のぞ》いてみるかい、と中に入って、別の男友達に遭遇したのである。やあやあ奇遇ですね、と一緒に店内を巡る私たち。そこの健康食品売り場で、私たちは見た。

「蛇龍伝説の証　絶倫無双サソリ」

という名の栄養ドリンクを。思わず、うおー、すげー、と手に取る私たち。男友達が成分を読み上げる。

「サソリ抽出液、コブラ抽出液、カキ肉エキス、マムシ抽出液、海蛇抽出液、ハブ抽出液……って、なんかすごくねえ？ 読んでるだけで立って来た」

「……それ、この間、分けてあげたマカのせいなんじゃないの？」と、私。

この間、サントリーの斎藤由香ちゃん（北杜夫氏の娘さんで、窓際OLなんて自称しながら週刊新潮で、愉快なコラムを連載してる才女）から、送られて来た勃起不全解消の特効薬マカのことである。文学賞のパーティで、私も欲しい！と騒いだのを覚えていてくれたのである。サントリーの頭脳を結集して開発されたというこのナチュラルドラッグ、女性にもOKということだが、まずは、男性に試してもらおうと、彼にお裾《すそわ》分けしたのである。

「かも。あれ、すげえ効くよー。『エースをねらえ！』読んでても立って来る」

「岡ひろみ？　お蝶夫人？　誰見てそうなるの？　まさか宗方コーチじゃないでしょうね」

「わははは、おれ、〇〇（共通のゲイの知人）じゃねーもん」

そんな会話を交しながら、さらに、そのコーナーをチェックすると、通販でしか買えないサントリー以外からも、マカが発売されているのを発見。あー、これ、いかにも効きそう、と手に取ったのは。

「マカ皇帝倫　SIXTEEN」

今度は、私が、成分を読み上げる。

「牡蠣《かき》エキス、スッポン、マカエキス……何か普通じゃん……馬陰茎・睾丸……え？　ええーっ、馬!?　オットセイ肉、タツノオトシゴ、トナカイ角、コブラ……ひえー、どっから獲《と》って来るんだ、これらの動物たち。ワシントン条約に違反しないのか!?」

「馬並みになっちゃうのかー、それ、まずいじゃん。エイミー、馬のオナニーってどうやるか知ってる？　厩舎の壁に、ばんばん叩《たた》き付けてやるんだぜー。可哀相で見てらんねえよー。おれ、やだよー」

私の知り合いには競馬好きが多いが、彼もそのひとりである。だからと言って、何も馬に自分を投影しなくても……。私は、彼を残して、その場を立ち去った。そして化粧品コーナーその他を回り、レジスターに籠を置いて気付いた。私のビタミン剤や化粧品に混じって、絶倫無双サソリとマカ皇帝倫の姿が。思わず、男友達を探すと、もうレジの外にいて、すまん、と手刀を切っている。自分で買えよー、私の方が余程恥しいじゃん、と抗議する間もなく、レジの女の子たち二人は、商品を会計し、袋に詰めようとしている。顔が熱くなるのが解った。恥しさのあまりに下を向いたら、男友達が盛大に吹き出した。その瞬間、女の子たちは、彼を見た。あれらの物を手にしたまま……。長いこと静止した画像の中に入り込んだような気持。早くー、ちゃっちゃとレジ打っちゃってくれー、と心の中で叫ぶ私。ふと気が付くと、女の子たちは、彼と私を交互に見た後、私に視線を当てたままに。山田詠美だから見詰めているのか、それとも、この二人気合入ってるなーと感心しているのか、ああー、どうでも良いから早くしてくれー。と、その時、私の次に並んだお客が、

「どうもー、こんにちはー」

だって。見ると、近所のラーメン屋さんの奥さんであった。挨拶《あいさつ》を返すのもそこそこに、私は、引ったくるように買い物したものを受け取って外に出た。男友達は笑い転げている。

「あそこで、何だって吹き出す訳!?」

「だってさあ、おまえのあんなにも恥しそうな顔、見たことなかったからさー。いかん、いかん、と思ってたら余計におかしくなってさー」

確かにおれさまは、男と女の性的場面を何の恥らいもなく書き続けている物書きだが、それとこれは違うの!! 自分が恥しいからって、妙齢の女友達をレジに並ばせることないでしょっ!!

などと怒る私をなだめながら、彼は、うちでビールを飲んで行くと言う。だって、道端で袋から取り出すの恥しいじゃん……って、うう、どこまで、こいつは。

「サントリーのマカと皇帝さまのマカとコンビニで売ってるファンケルのマカ、こう

なったら飲み比べてみる」

「ついでに、サソリも飲む訳ね」

「うきー、おれ、どうなっちゃうんだろ」

　ビールをおいしそうに飲みながら、とことん嬉《うれ》し気な性的人間である。でも、興味あるので、結果報告をしてもらおう。大丈夫よ!!　由香ちゃん!!　おたくが楽勝に決まってるわっ!!　歩く秘宝館みたいなこの男を、ぎゃふん（死語）と言わせてやってちょうだい！

　ところで、台所に立つ際、私は、彼の耳の中が汚れていたのに気付いたので教えてやった。

「耳掃除した方がいいよ」

「えー!?　まじ!?　あー、もうおれ駄目。お尻は痒《かゆ》いし、風は強いし、耳は汚れてるし、いいとこなし。えーい、死んでやる!!」

　確かに風の強い日ではあるが……どういう文脈？　不思議な文体を持った男である。

「おれ、痔かもしんない。料理中に玉ねぎ切った手で触られたからかもしんない」

どういう生活を送っているのか。死んでやるって……こいつも私以上に、死ぬことを茶化している。誤解のないよう言っておくが、私たちは、死をシリアスに語ることもあるのである。笑いとばさなきゃやってらんない事柄についても。

「お尻に薬塗った方が良いのかなー、ね、エイミーどう思う?」

「自分で買いに行きなさい!!」

はい、と素直にお返事する彼。可愛い。風の強い日は、こんなふうにくだらない奴らになりたい。ポンちゃんにとって、茶化す行為は、quite helpful when I meet with obstacles. 玉ねぎ無双!!

日々のコンビネーションさまざま

　空腹になったので、海老《えび》とアボカドについて考えている。ニューヨークの気の利いたダイナーなんかでは、必ずメニューに載っている海老とアボカドのサンドウィッチ。この組み合わせを思いついたのは、いったい、誰なんだろう。時々、私は、この種のことを不思議がりながら時間をつぶしている（暇人ですいません）。たとえば、大根とからすみ。薄切りにしたからすみを同じように薄切りにした大根ではさんである。いったい、あれを発明した人は誰？　どういうきっかけで、あの食べ方が生まれたのだろう。ぼらの卵巣と大根がいかにして結び付いたのか。からすみは長崎の名産品だが、それでは大根は？　ああ、知りたい。知って、溜飲《りゅういん》を下げながら、思う存分、味わってみたいものである。そんなことを考えていると、謎の組み合わせをあれこれ思いつき、おなかグーである。たとえば、アスパラガスと半熟の目玉焼き。私は、この組み合わせにパルミジャーノ・レッジャーノとトリュフオイル（形なきトリュフに思いを馳《は》せられる優れ物）をかけるが、アスパラガスと玉子の組み合わせを初めて知った時には、うーん、と感心するばかりであった。茄子《なす》の漬け物に溶き芥子《からし》ってのは？　これを知ったのは、最近のことだったが、居酒屋で驚く私に、今度は、一緒にいた友人が驚いていた。え？　茄子の漬け物に芥子が付かないなんてことあるの？　だって。そうなの？　これって常識なの？　食べてみると、ほんと、合う。以来、芥子のない茄子なんて、と思うようになってしまった。美味なる組み合わせは素晴しい。しかし、どうして、これとこれを？　という組み合わせも山程。

　私が幼い頃、父が、ゴルフ場のクラブハウスのレストランで覚えて来たと、嬉々《きき》としてカレーに生玉子を落として食べていたことがあった。家族全員が薄気味悪いという表情で、その皿を見守っていた。その話を聞いた少なからぬ人々が、それうまいよーとか、え？　普通でしょ、などと言う。大阪の某レストランでは名物になっているとか。カレーに生玉子……とても食べる気が起きない。そう言えば、私の夫は、知り合った頃、アイ　ラブ　スキヤキとか言って日本通の振りをしていたけれど、肉を溶き玉子にくぐらせる食べ方を知って驚愕《きょうがく》していた。おいしいからと勧める私に、サルモネラ菌が……と言ったきり言葉を失ってしまった。ロッキーは、玉子を焼くべきだった、と変な負け惜しみをしてたみたいだけど。半熟の黄身までは許せるが、生の白身なんてとんでもないそうだ。マヨネーズは生玉子で作るんだよ、と言ったら、あおざめていた（白身抜きだが省略しといた）。すき焼きに生玉子というのを発明した人も偉いと思う。誰なんです!?　そういえば、中学時代、京都への修学旅行の夕食にすき焼きが出たことがあった。お若い皆さんには信じられないでしょうが、関東地方の人間にとって、牛肉は高価なものだった。だから、皆、大はしゃぎ。京都では、肉と言えば牛肉なんだってー、と知ったかぶりする者あり、肉に砂糖まぶすのが先だからね、と通ぶる者あり。私たちのグループも、おおいに盛り上がろうとしていた。砂糖と醬油《しょうゆ》の焦げる良い匂《にお》いが漂い始め、いよいよ肉は食べ頃に。その時、ひとりの男子が言った。

「そろそろ玉子入れちゃえよー」

その瞬間の不自然な沈黙。残りの誰もが、自分は試されていると感じた筈《はず》だ。すき焼きの作法を知らない男子に教えてやるべきなのか、あるいは恥をかかせないことを選ぶべきなのか。ひとりの男子を除いて、全員が顔を上げて目を合わせた。そして、誰からともなく、自分の玉子を一斉に鍋《なべ》に注ぎ込んでしまったのである。すき焼きは、ただの玉子とじと化した。あーうめーと舌鼓を打つ一名に全員が力なく同意した。今でも、その光景を思い出すと、なんだかせつなくなって来る。フィンガーボウルの存在を知らずにその中の水を飲んでしまった客人に恥をかかせないため、女主人自ら、それを飲んで見せた、という教訓話みたいなのがあるが、私たちは、はたして、それをやってのけた偉い奴らだったのか。それとも、玉子とじが大好物の子供にしてやられたのか。いずれにせよ、牛肉↓高価↓それを食べ慣れている金持、という図式を子供心に恥じたことだけは確かである。吉野家の牛丼が、安い食事の代表になるなんて予想すらしなかった頃の話である。ちなみに、岡山出身の男友達によると、彼の幼い頃、肉と言えば、羊だったと言う。すき焼きも羊の肉だったとか。西原理恵子さんの本を読んでたら、すき焼きには、鯖《さば》が入っていたとあった。我が家は、鶏肉のことが多かったと思う。鳥すきと言えば聞こえが良いが、考えてみれば、ただの親子煮みたいなものだ。すき焼きに関しては、それぞれ独自の道を歩んで来た世代？　しかし、京都の知り合いに聞くと、肉と言えば牛肉のことだった、と譲らない。京都には牛がいっぱいいたのだろうか。

生玉子で思い出したが、昔、バリ島でつき合っていた男の子は、ビールに生玉子を落として飲んでいた。気持悪いと思わなかったのは、私が、その子に惚《ほ》れていたからだろう。遠い記憶になった今では、うえーっ、マジかよ、と思う。ビールに玉子……玉子酒だったのか……常夏の島なんだけど。

すき焼きの玉子で吐きそうになっていた夫だが、彼の国アメリカだって、変な組み合わせは多いよ。私がどうしても理解出来ない味の組み合わせをあげてみると。たとえば、ターキーとクランベリーソース。豚肉のソテーとアップルソース。ラムのローストにミントソース、などなど。特に、ターキーに付いて来るクランベリーソースなんて、ソースと呼ぶよりゼリーみたいに甘くてぷるぷるしている。義母が感謝祭のディナーを作るたびに、私は首を傾《かし》げたものである。この赤くて甘い物体を、何故《なにゆえ》に香ばしく焼き上げたターキーになすり付けなくてはならないのか。しかも、グレイビーソースと混じり合って、ますます意味不明の味になってるし。そこで尋ねてみた。あのう、皆さん、この味、お好きですか？　すると、不思議なことに、誰もがそんなに好きじゃない、と答える。それでは、いったいどうしていつも付け合わせるのでしょう。すると、

「そういう決まりだから」

だってさ。私の知る限り、都会の一部の人々を除いて、アメリカ人って味に関して、ほんと、保守的だと思う。いくら私が、凝ったパスタ料理に腕をふるおうとも、あまり歓迎されない。マカロニチーズやズィット（トマトソースのショートパスタ）の方が、どれ程、喜ばれることか。ホームメイドのサラダドレッシングを無視して、クラ

フトの瓶を手に取られたりすると、ほんと、がっかりしちゃう。自分の流儀を絶対に変えない。ターキーを山葵《わさび》で食べようなんて冒険は絶対しないように思われる。私なんて、日本から持参した梅干し叩《たた》いて、残り物のターキーに載っけて食べてたら、びっくりされちゃったよ。こくのあるささみの焼鳥みたいで日本酒にぴったりの肴《さかな》に早変わりだったのに。

別に、クランベリーソースだけが憎い訳ではなく、おかずに付いて来る甘い物が苦手だ。日本の煮豆とか、ハワイアンスタイルとか言って、ハムにパイナップル付いてるやつとか。そうだ、忘れてはならないものに、酢豚に入っているパイナップルがあった。あれって、どうなんです？　私の周りでは、賛否両論なのだが。人の好みって色々だなあとつくづく思う。この間、何人かと食事をしていた時、平目の刺身を頼んだ。はしっこに何切れか、えんがわが盛り付けられていた。で、私は、嬉々として言う。

「私の夢は、平目のえんがわを丼いっぱい食べることなんだよー」

うえー気持悪い、と言われた。そうかな？　いつも、ちょこっとしかないじゃない？　あの小癪《こしやく》な代物を一度で良いから、思いきり頰《ほお》ばってみたい。この感じ、ちょっと恋に似てやしないか。ぱくっ、ぺろぺろ、ちゅるん、ごっくん。なんか、ちょっとエッチかも……って、今回も、また話は下半身に移動してしまうのか!?

この間、私の家に遊びに来た男友達が、新聞を読んでいた。お茶をいれている間、ずい分と静かなのでうかがうと、顎《あご》に生えたままにしている不精髭《ひげ》を一本一本抜いて灰皿の上に並べている。

「ちょっとー、気持悪いことしないでくんない？」

「あ、これ、昔からの癖。なんか止めらんないんだよなー。高校ん時なんか、一本一本スタンドの電球にくっ付けてた。おもしろいんだぜー、熱で溶けて、ぴんと立ったままになんの。数が増えてくと、ほんと、電球からいっぱい毛が生えてるみたいになってさ、あそこの玉そっくり」

……あのー、私も一応、淑女のはしくれなんですけど。彼は、私の困惑など一向に意に介さず続ける。

「男なら誰でもやったことあるって。いやマジで」

どうかね男性諸君。きみたちには、電球に毛を生えさせて喜んだ経験は、おありかね。格好つけてる、あの人もあの人も、そんなことして遊んでいたのか。だとしたら非常に愉快なのだが。今度、私も、自分の腰まである長い髪でトライしてみようか。すっごくホラーな玉、いや失敬、電球が完成しそうだけれど。

「ホラーっていうか、それリアルじゃねえ？　パンツの横からはみ出してる毛を引っ張ったら、ずるずると、とてつもなく長いのが出て来ることとあるべ」

リアルっていうか……それ、あんたが単に不埒《ふらち》な行為に及んだというだけじゃないのか。どうなのっ⁉　もっと、愛というものと真摯《しんし》に向かい合ってみるべきだろう。うちにある『愛と誠』全十六巻を読んでから帰りなさい。あれなんか、あんなにくどくど話を引き延ばして、最後の最後に一回キスするだけなんだから。

そう、今、私の周囲では「愛と誠」ブームなのである。皆で回し読みして、とうとう私の所にやって来た全十六巻。いやー、死語のおもしろさを満喫しました。と、同時に、主人公の早乙女愛が、案外、ひどいこと言ってるので驚きだ。

「岩清水くん、りっぱだわ。メガネをかけていて青白くても、男らしい男だわ！」

なんて。いいの？　岩清水くん、こんなこと言われて。きみのためなら死ねるとつらぬいてがんばってたのに、エンディングで、愛と誠の抱擁キスシーンを目の前で見せられても、

「つ、つらいが……負けおしみでなく、ぼくの青春にとって、有意義な愛だったさ」

なんて言ってる。りっぱに負け惜しみじゃん、それ。そんなふうにつっ込みを入れてる私の横で、一緒に読んでいた友人は泣いていた。私にからかわれると、彼は、ごしごしと目をこすり、泣いてなんかいるもんかーと叫ぶ。さらに、笑い者にしようと

すると逆切れした。

「純粋な愛じゃないかーっ。誠のお母さん可哀相《かわいそう》なんだからーっ」

あ、親子愛に泣いてた訳ね。実は、あそこ、私も涙出ちゃった。それにしても、このところ、泣ける愛ブームだよね。実はわたくし、「泣ける」と付くすべてのものが苦手ですの。泣くという行為は、本来、結果であって、前提ではないと思うから。そして「泣いた」と「泣けた」の違いは大きい。あなたが「泣けた」時、それは、自身が安全圏にいたということを意味するだろう。その時の涙は、スポーツで発散した心地良い汗に限りなく似ている筈である。涙は、定期的に排泄しなくてはいけないそうだ。その意味では「泣ける」さまざまなものも必要なのだろう。近頃、私が「泣いた」本は、西原理恵子さんの『毎日かあさん』(毎日新聞社刊)。絵柄と相まって、何とも秀逸なシーンが描き出されていた。小説では出来ない芸当だろう。でも、あんまり多くの人に読んで欲しくない(もう無理でしょうけど)。あの本泣けるよーなんて言われたりしたら、読み手の勝手な思いだが、不本意である。

話は突然変わるが、この間、週刊新潮で愉快な記事を見つけたよ。それによると、アメリカのバッグメーカーが、カナダ限定で販売した製品に、こんなタグを付けているという。

「私たちの大統領（プレジデント）がお馬鹿さんでごめんなさい。でも、私たちは彼に票を入れませんでした」

それが大人気だとか。ひょー、やるじゃん。で、これに関するインタビューを受けた会長（プレジデント）が、それは、当社で私の評判が良くないということです、と言ったそうな。こののうのうとした感じ。アメリカには、こういう側面もあって、おもしろいなあと思う。

ついこの間、亡くなったが、レーガン大統領の時代には、彼の顔を連続して印刷したトイレットペーパーなるものが売られていて、ニューヨークにいた時、つい私も買ってしまった。レーガノミクスに反発する人たちには大受けだったらしいけど、私には、たいしておもしろくなくて放って置いたら、いつのまにか、どこかに行ってしまった。夫が使ってしまったのか？　まあ、どうでも良いことだ。英語で喧嘩《けんか》する時ののしり言葉に、キッス　マイ　アス!!（kiss my ass）というのがあるけど、なんでだろう。どうせなら、好きな人にそうされたいじゃん。そう言ったら、夫は、げらげら笑っていた。以来、ふざけて喧嘩の真似ごとをして、どちらかがその言葉を使うと、言われた方は、背後に回って、お尻（ass）にチュッとやるという大馬鹿なことをして遊んでた（すいません、品のない夫婦で）。

その他に、これも品のない言い回しだが、サックマイディック!!（suck my dick）なんてのもある。ディックとは、男性性器の俗称ですね。なんで、男同士ののしり合いで、おれさまのあそこを吸わんかい!! なんて言うんだろう。変なの。どうしてなんですか？ マーク・ピーターセン先生!!（くだらなくて答える気もしないでしょうけど）ちなみにゲイの友人は、その言葉を耳にすると、もっと言ってー、私に言ってー、という気持になるのだそうだ。うーん、ベッドの中でなら、私も解る。なんて、ああっ、またもや話は下半身方面に！ でも、仕方ないんですよ。食べたり、セックスしたり、眠ったり、排泄したりという世にもシンプルなことを笑いながら話したがる友人に囲まれてるんで。ポンちゃんにとって、本能にまつわる話は today's special combination plate. あ、岩清水くんて奥泉光に似てないか？

発見するは我にあり

ディスカバー・ジャパン！　この言葉、どのくらい前にはやったんだっけ？　二十五年前？　もっと？　それを耳にした時、ふん、と無視したままでいた私。何せ幼い頃から、転勤族だった父の都合で、日本全国を移動して来たので、今さらディスカバーなんてやなこったと思っていた。高三の時、両親が宇都宮に家を建てるまで、ずっと社宅育ち。そこに住む子供たちは、田舎の人たちに町の子と言われていた。あらかじめ方言というものから見放された私たち。共通語を話しながら、いつもある種の違和感を持ってその土地をながめていた。すると、そこに生まれ育った人々の気付かない、良いところも悪いところも見えて来た。よそ者だから感じ取れるものってあるよね。それがあるからこそ、内輪だけの良さも確認出来る訳で。いずれにせよ、いくつもの地方都市の空気を肌で感じて来た私は、すっかり解った気になっちゃってた訳だ。おまけに、ブッキッシュでくそ生意気な子供だったから、日本については日本文学を読んでりゃ知ることが出来ると、たかをくくっていた。で、知りたい願望は、いつも外の国に向ってた。その結果、旅行と言えば、いつも海外。今まで、何カ国に旅をしたことだろう。数々の思い出が心の中にしまわれている。旅人でいるのは気楽でいいね……などとひとりごちながら、ふと思った。私って、私って、日本国内で旅人になったことって数える程しかなーい!! よく考えると、住んだ土地以外の日本のことあんまり知らなーい!! 日本にいるのに、これってもったいないんじゃないのか? アメリカ南部の片田舎に、これだけ詳しいのに、中国地方とか(例)をまったく知らないのってどうなんだろう。マンハッタンの地図は正確に頭に入っていて、どこを曲がれば何があるかも言えるのに、大阪では電車にも乗れない。ひとりでエール・アフリックを乗り継いでアフリカ大陸を縦断出来たくせに、今年も姪のかなと計画している南紀旅行のためのアクセスにあたふたしてる。ちょっと情けないんじゃないのか? ようやくそんなことを気にし始めた私。よし! 今こそ、ディスカバー・ジャパーン!!

手始めに温泉だ。イージー? いいの、いいの、本場の鮨《すし》を食べてみたいと好奇心満々の外人さんみたいに、初心を大切にすることから始めよう。そう思った私は、あらゆる温泉に関する知識を習得しようと大量のガイドブックを購入した(やっぱり本から始まってる)。実を言うと、去年まで、温泉には、なーんにも興味のなかった私。温泉好きな友人に同行しても、ひとりだけさっさとお風呂を出てお酒飲んでた。本がないと長風呂出来ないたちなのだ。しかし、ここのところ、温泉ソムリエを自任する男友達により開眼させられた。行きもしないうちに開眼したつもりになり、温泉について語る私。机上の空論ってやつ? では、実践して、温泉通として花開きつつあるのを証明してさし上げようではないか。と、いう訳で、総勢六名による二泊三日温泉ツアーの幹事に就任したのである。

どうせなら、難易度の高いひなびた秘湯系でなくてはね、と厳選した結果、奥塩原の谷にある宿に決定。ここは自家源泉が三本もあるのだ。予約のリコンファームをしたら、なんだかどきどきして来ちゃった。海外旅行の際なんて、こんなことないのに。結構うぶじゃん、自分、と胸を張る私(意味ないが)。出発の日の朝なんて嬉《うれ》しくて寝てられなかったよ。たかが温泉に行くのに、なんて言わないでね。ディスカバー・ジャパンは気持が大事。気分は、初めての秘湯に思いを馳せる外人さんなんだから。

そうして辿《たど》り着いた場所は山の奥の奥。大人の修学旅行に付きものなのは、やはり酒。アテ袋と呼ばれた大きな紙袋に、ジャンクなおつまみ(チーカマとかベビースターラーメンとか)を詰め込んで、ただただ飲んだくれていた私たち。結局、やることは、どこに行っても同じなんだよなーと確認した次第。しかし、いつもと違って、温泉ソムリエの指示に従って何度もお風呂につかった私。三本の源泉は、すべて色が違う。ひとつは、真っ黒、もうひとつは真っ白。そして、大浴場は、ものすごい硫黄の匂い。深夜、酔っ払ったおじさんが尻餅《しりもち》をつきながら、浴場の方に歩いて行ったけど、大丈夫なのか。私は、と言えば、調子に乗って岩から染み出す源泉をごくごくと飲んでいたら、翌日ずっと、おなかがゴロゴロ言っていた。湯あたりしたのか、寝てばかりのメンバーもいた。誰もがだるそうだった。ねえ、本当は、温泉って、疲れるもんなんじゃないの？　それとも、おおっぴらに疲れることが出来る憩いの場所なの？　朝食に起きて来なかったメンバーも二名。温泉って、どうやら人を動けなくさせるみたいだ。東京に戻ってからも、皆、ぼうっとしたままで、復帰するのに苦労したと言う。温泉ソムリエだけが、嬉々として、次の予定を立てている。慣れなのか。

二泊すると、ぽっかりと空いた一日、というのがある。おりしもその日は、日本列島を台風が直撃した。雨の叩《たた》きつける山の緑を見ていたら不思議な気分になった。このまま遭難しちゃってもいいなあというような気持。危機感ゼロ。何を思い煩《わずら》う必要もない。何も考えない人になっている。これが温泉の効用か。こんなことを思う私に開眼への道のりは遠そうだ。そう感じながらも、今もまたガイドブックをながめている。高級料亭旅館なんかじゃないところに行きたい。昔、一流の老舗《しにせ》と呼ばれるところに泊まった時、紹介者の欄に、東京都知事の名前を書いてしまったことがありました。はい、大嘘です。若僧と思われたくなくて見栄を張ってしまったことを白状します。後でお断わりしたとはいえ、ごめんなさーい!! でも、もう時効だと思うの。許して下さーい。まさか、芥川賞選考会で同席するようになるとは想像もしてなかったし……って、馬鹿だな、私。

あ、芥川賞選考会と言えば、この間、すごーく、おっかない夢を見た。これが出る頃には、受賞者は決まっている筈《はず》だが、今現在、私は、候補作を読むのに追われている。その日も、読みながら、いつのまにか眠ってしまったのだが。すべての候補作を丹念に読み、よし! と選考会に赴く私。既に推す作品は決まっている。気合いを入れながら、配られた候補作の一覧表に目を通す。そして、がーん!! 私の読んで来たものとは、まったく別な作品名が並んでいるではないか。どういう手違い? 私は何とか落ち着こうとする。表には一作だけ読んだことのある小説がある。これだ! もうこうなったら、これを推すことだけで突っ走ろう。そう覚悟を決めると、心が落ち着き、余裕を取り戻した。そして、目の前にある大きな鮨桶に気付く。選考しながら鮨をつまむ? ふっ、事務局も、また粋なはからいを、と思い、私は、ぱくぱく食べ始めた。すると、ひとりの選考委員の方が、じっと私を見て、にやりと笑ってこうおっしゃった。

「私、詠美が何を推すのか知ってるよ」

「ど、どうしてですか？」

「かんぱちばかり食べてるから」

「それは、いったい……」

「環状八号線を舞台にした小説は、ひとつしかない」

「ああっ!!」

「そう、○○○○の『かんぱち、まっしぐら』」

そこで窮地に陥った私は、鮨を喉に詰まらせ、苦しみながら目を覚ました。何なの!?　この夢。ちなみに、○○○○さんは実名。もちろん「かんぱち、まっしぐら」なんて、ふざけた小説など書いたことのない才能ある人だ。そして、私の欺瞞《ぎまん》を鋭く見抜いたのは髙樹のぶ子さん（何故!?）。それにしても、環八を舞台にした「かんぱち、まっしぐら」って……。そして、かんぱちの握りぱくついてる私って……。駄洒落嫌いの私なのにー!!　知らないうちに、選考会のストレス溜ってたのか!?　そのあまりに、夢で駄洒落を使ってしまったのか!?　席上、こわっぱな自分を見せまいと無理をしていたのか!?　そう、選考委員とは、悪夢を見てしまうくらいにプレッシャーのかかる役目。どんな結果になっても、わたくしを責めてはいけませんよ。悪夢にしちゃあ、ずい分と美味なるお鮨だったけど……。もう少し我慢して続きを見てたら、海老《えび》とか鯛とかばかり食べ続けて手の内さらけ出してた選考委員の方もいらしたかもしれない。その方たちの推す作品名は……駄目——!!　駄洒落禁止——!!

と、言いつつ、私たちは、わざと使って自らを笑い者にして遊ぶこともある。この間の温泉旅行でも、そうだった。豪雨に怯《おび》えながら昼食に立ち寄ったお蕎麦《そば》屋さんで、若者が、つまみを選んでひと言。

「うーん、雨の塩辛」

……雨の塩原にかけていると皆が気付くまで、かなり間があったと思う。そして、笑い。この笑いは、失笑でなくてはならない。心から笑ってはならない。それが、エイミーズパーティの掟である。でもさー、同じメンバーで、ずっと過ごしていると、この種のとほほな駄洒落を競い合い始めて、そのうち、不本意にも大爆笑してしまうんだよね。数年前、姪のかなとアメリカ旅行をした時も、時間を持て余して、そうなってた。しまいには、朝食のバターを足にのっけて、「バタ足!!」とかやってたし。私もかなも、動物占いによると、ライオン。そして、かないわく、ライオンの人は、本来、駄洒落好きなんだとか。うー、あんまり考えたくなーい。

ある時、私は大好きな男の子に気持を伝えたくて、こう言った。

「初恋、かもー」

無視されたので、続けて、こう言った。

「初恋、ハトー」

それでも無視されたので、どんどん続けた。

「初恋、つるー」

「初恋、じゅうしまつー」

「初恋、フラミンゴー」

自分でも何を言っているのか解らなくなって来た頃、ようやく彼が私を見た。そして。

「おまえ、馬鹿か」

きーっ、恥をしのんだ私の告白を、そんなに、あっさりと却下して良い訳？　もう知らない！　と書きながら、実は、しゅんとした気持になっている。本当に、馬鹿なんじゃん？　でも、馬鹿な子ほど可愛いって言うからな。今度は、別な手でせまってみよう。駄洒落で遊んでいる場合ではないわ。

そうなったら、私の場合、やっぱり料理だ。おいしいものを提供して男の人をものにする。と、そんな気分になった時に、ぴったりな本を見つけた。それは、『アマンダの恋のお料理ノート』(アマンダ・ヘッサー著、渡辺葉訳、集英社文庫)。これは、ニューヨーク・タイムズに連載されたフードコラムニストの日記をまとめたものだ。レストランメニュー以外のすべての料理のレシピが付いている。だからと言って、ただの料理日記ではない。原題は“COOKING FOR MR. LATTE”ミスター・ラテ(カフェ・ラテのラテね。食後にエスプレッソでなくミルクたっぷりのコーヒーを頼んだ無粋な奴なので、そう呼んでいる)との出会いから結婚までの恋の進行記録なのだ。そこに、友人たちや家族との温かい関係も絡《から》む。一緒にごはんを食べること。すべての人間関係が、ここから始まっている。そして、自分が前を向いて行くためのパワーも食べものからもらうのだ。プロの味に及ぶべくもないけど、自分自身のために、出来るだけおいしいものを作りたい人、あるいは、自分の好きな人のために心をこめて料理を作りたい人には、うってつけのいとおしい本になるだろう。作者がミスター・ラテを受け入れて行く過程、そして彼が彼女の味に馴染《なじ》んで行く様子をレシピと共に味わえる。と同時に、ニューヨークを知っている人なら、あーそうそうアッパーウェストの人たちってこうなのよ、と頷《うなず》いてしまう筈《はず》。インテリでリベラルなんだけど、自分のテイストに関して頑固、そして、ちょっぴりスノッブ。レストランに対するこだわりは、私にはついて行けないが、作者はそれが仕事だものね。ミスター・ラテ同様、へえ、と感心するばかりである。レシピ付きの名作と言えば、昔、ノラ・エフロンの書いた『ハートバーン』というのがあった。今となっては大御所脚本家の彼女が、『大統領の陰謀』で有名になったジャーナリスト（名前失念しました）との破局に至る経過を描いたものだが、あれがほろ苦いカカオ八五パーセントのチョコレートタブレットだとすると、こちらは、まさに作者の大好きなクレーム・フレッシュ。酸味があって、とろりと優しい。好きな人たちを自分の味で包んであげたくなる。でも、驚いたことがひとつあった。シーザースサラダのクルトン、私も自分で作る。今までバゲットで作っていたのだが、この本によるとイングリッシュマフィンだとさらに美味とか。ほんとかな。あれは、水分たっ

ぷりのもちもちした食感が持ち味だと思うんだけど。

手料理で人をもてなすのって、わくわくする。と、同時に、少し心配にもなる。その人と自分の相性が合うか否かが歴然とするからである。多少失敗した料理でも、楽しく食べてくれればありがたい。けれど、時には、おいしく出来た料理なのに、何の反応もない人もいる。そういう人は、たいてい会話もつまらない。

荻窪あたりでしょっちゅう遭遇する船戸与一さんだが、この間は、我家に御招待した。その日は中華料理の夕べ。時間かけた割には、豚の角煮がいまいちでショックだったが、楽しく酔っ払った夜だった。いつのまにか純愛小説家（本人の主張）の神崎京介くんもやって来た。彼って、目ぢから強くないか？　なんか、ピエールとかジャン・フランソワとか、そんな感じ。それにしても、船戸のおっちゃんと京介の組み合わせってさあ……シュールな何かをディスカバーしてしまったような。ビューティアンド　ザ　ビースト？　二人の間に電機屋さんのお兄さんがいたのもエイミーズカフェならではのミスマッチだろう。

ところで皆さん、私と奥泉光とベース奏者の吉野弘志さんで定期的に朗読会を行っている話は、前に書きましたね。今度は、八月の末になんと二日続きでやるのです。場所は、例によって、西荻窪 Konitz（ここで散々書いているのにちっとも功を奏していない暇なバー）。ドラムの小山彰太さんを始めとするゲストも予定しているので見に来て下さいね。何かディスカヴァリーがあるかもよ。ポンちゃんにとって新発見は、Dash flash rang my bell の時。雨の塩辛になめくじ感を見つけて怯える日々。

この作品は二〇〇四年十一月新潮社より刊行された。

山田詠美著

ベッドタイムアイズ・指の戯れ・ジェシーの背骨

文藝賞受賞

視線が交り、愛が始まった。クラブ歌手キムと黒人兵スプーン。狂おしい愛のかたちを描くデビュー作など、著者初期の輝かしい三編。

山田詠美著

蝶々の纏足・風葬の教室

平林たい子賞受賞

私の心を支配する美しき親友への反逆。教室の中で生贄となっていく転校生の復讐。少女が女に変身してゆく多感な思春期を描く3編。

山田詠美著

アニマル・ロジック

泉鏡花賞受賞

黒い肌の美しき野獣、ヤスミン。人間動物園、マンハッタンに棲息中。信じるものは、五感のせつなさ……。物語の奔流、一千枚の愉悦。

山田詠美著

Amy Says

［エイミー・セッズ］

偏見と侮辱を撒き散らす、自称「良識派」。そのいわれのない優越感を剝ぎ取り、狭量な価値観に鉄槌を下す、痛快無比のエッセイ集。

山田詠美著

Amy Shows

［エイミー・ショウズ］

快楽の源は恋愛のみにあらず。眩暈のするような陶酔をもたらした旅と読書の快楽を鮮烈に綴る。五感がざわめく濃密なエッセイ集。

山田詠美著

PAY DAY!!!

【ペイ・デイ!!!】

『放課後の音符』に心ふるわせ、『ぼくは勉強ができない』に勇気をもらった。そんな君たちのための、新しい必読書の誕生です。

新潮文庫最新刊

浅田次郎著
憑神
別所彦四郎は、文武に秀でながら、出世に縁のない貧乏侍。つい、神頼みをしてみたが、あらわれたのは、神は神でも貧乏神だった！

横山秀夫著
深追い
地方の所轄に勤務する七人の男たち。彼らの人生を変えた七つの事件。骨太な人間ドラマと魅惑的な謎が織りなす警察小説の最高峰！

宮尾登美子著
義経
日本人の心に永遠に生き続ける稀代のヒーロー・源義経の流転の生涯。女流ならではの華麗な筆致で描き上げた、宮尾歴史文学の白眉。

藤田宜永著
恋しい女（上・下）
恋に手馴れた男、恋を知らない女。絡まりあっても溶け合わない二人。恋愛が求心力を失くした時代の不毛を描く、ロマネスク長篇。

玄侑宗久著
アミターバ―無量光明
がんに侵された老女が、そのとき見たものは……。現役僧侶の芥川賞作家が「死の体験」を圧倒的な迫力で描き出す、究極の救いの物語。

北上次郎編
青春小説傑作選
14歳の本棚
―家族兄弟編―
私はいったい誰？　一番身近な他人「家族」を知ることで中学生は大人の扉を開く。文豪も人気作家も詰め込んだ家族小説コレクション。

ご新規熱血《しんきねっけつ》ポンちゃん

新潮文庫　や－34－13

平成十九年五月一日発行

著者　山田詠美《やまだえいみ》
発行者　佐藤隆信
発行所　株式会社新潮社
郵便番号　一六二－八七一一
東京都新宿区矢来町七一
電話　編集部(〇三)三二六六－五四四〇
読者係(〇三)三二六六－五一一一
http://www.shinchosha.co.jp

価格はカバーに表示してあります。

乱丁・落丁本は、ご面倒ですが小社読者係宛ご送付ください。送料小社負担にてお取替えいたします。

印刷・大日本印刷株式会社　製本・株式会社大進堂

ISBN978-4-10-103623-6　C0195